黃泉

孿神祭典

人物介紹

馮天烈

穿越者。
似乎是不小心死了而進入黃泉。
有靠「觸摸」來治療人的能力。

狩

無頭男(?)。
天烈在黃泉中第一個認識的人，
擁有良好的體術。

馮天芯

穿越者。
天烈的妹妹。
為了救天烈來到黃泉。

雛菊・克拉克

星芒公會職業符師。
從星芒公會的學員區畢業，第一次出任務時被天烈一行人所救。

艾倫・夏普

星芒公會職業弓箭手。
從星芒公會的學員區畢業，第一次出任務時被天烈一行人所救。

◆前情提要

不小心死了而進入「黃泉」的大學生馮天烈，在黃泉路上遇到了忠犬般的帥哥無頭男還有黑狗兄，連妹妹也出現在了黃泉。在天烈一行人討伐女妖的過程中發現了女妖真正的「原形」，而「黑狗」竟然也變成羅魍的宿主，在這背後似乎有更大的陰謀。

◆賞金獵人

由四大王者領頭，以接任務為生的職業。

◆冒險團公會

由勇者們建立的公會，以公會總聯盟主席為首。

◆穿越者聯盟

人們來到黃泉會失去生前記憶，如果保有生前記憶則會被稱之為「穿越者」，而穿越者聯盟就是由穿越者們所組成。

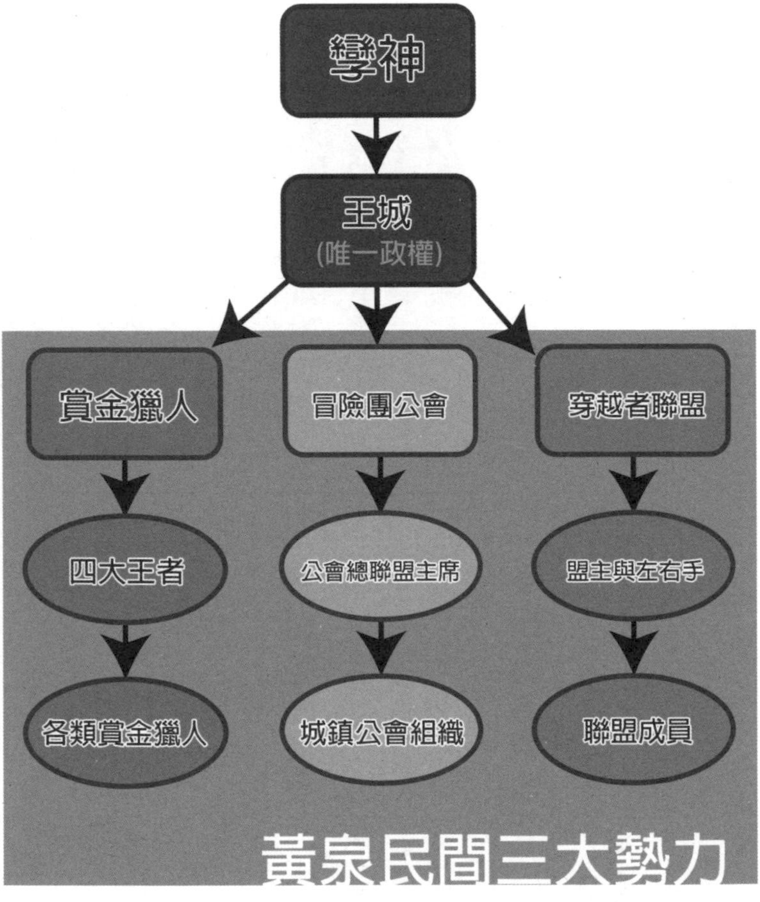

孿神
王城
(唯一政權)
賞金獵人
冒險團公會
穿越者聯盟
四大王者
公會總聯盟主席
盟主與左右手
各類賞金獵人
城鎮公會組織
聯盟成員
黃泉民間三大勢力

目錄

◈楔子 一念之間

王的臥房，絲毫沒有宮中應有的浮華之色。

素白而冰冷的石牆，狹窄的硬床周邊，半透明的簾幔四垂。

他靜靜坐在床邊，極輕極柔地，捧起放在床頭的事物。

那是一顆雙眼緊閉的斷頭。

頸部切口處雖然沒再溢出紅漿，卻隱隱泛著血光，每每望著那道傷口，王的心頭就彷彿千刀萬剮，恨不得劊子手當時的那一刀，是朝自己落下。

細白的手撫上它光滑的肌膚，指尖滑過它高挺的鼻樑，停在緊閉的眼尾上。

想起曾經掛在那兒的最後一滴淚，王因陷入回憶而短暫失神，而最終喚醒他的，是來自週遭氣場，一股不尋常的威壓。

意識到來者身分的當下，王迅速將斷頭藏進自己的被褥中，閉目等待對方開口。

「今年的孿神祭，你會親自出席嗎？」

聽聞清甜的女音響起，王露出似笑非笑的表情。

「不是每年都會短暫露面嗎？何出此言？」

「我把人界的『生』帶來黃泉了。」

「知道。」
「他大概也會參加祭典吧。」
「喔？是怕孤捷足先登嗎？」王的嘴角揚起優美的弧度，「您若想要他，孤豈能阻止？足不出戶可是您自己的意願呢。」
「笑話。得到他的方法多得是，以為我會怕你嗎？」女音透出些許自傲與不耐，「你真以為我會跟你公平競爭？」
「不敢。與您相爭，肯定辛苦一些。」
「哼。」
女音聽來依舊焦躁，但似乎對王的相讓感到滿意。
沉默良久，女音再度響起。
「你知道嗎？『他』跟生走到了一塊。」
聞言，王僵直了一霎。
「真是……令人意外的消息。」王猶豫片刻，最終還是抿了抿唇，輕聲問，「那他……過得好麼？」
「好得很！多虧那傢伙總在旁邊晃來晃去，我動起手來都得顧忌。」
王冷冽的視線掃過聲源，神態較之前陰暗許多，「若您傷了他，孤知道用什麼方式報復。」
「嗤，不是說會顧忌嗎？你好煩哪。」女音怨道，「放心，就算是對你，我也會守信的。」

「承蒙照顧。」

「少往臉上貼金，守信為了我的尊嚴。」

女音傲然說完，又把話題繞回最初的問題上。

「所以呢？今年孿神祭你到底去不去？」

王輕蹙眉頭，閉目思索了一陣。

「不了。現在……還無法見他。」

「還算識相，你肯定知道我不會允許你們見面。」女音聲線甜膩，卻毫不隱藏語氣的狠毒，「正想著若你執意要見他，我該如何懲治你呢！」

王回以一笑，隨即用心靈溝通呼喚使者的名字。

待使者來到房內，王才柔和的開口，「這次你替孤去吧。細節之後再交代你。」

「遵命。」

見使者下跪接旨，王姣好的面容有些惱怒。

「為何下跪？不是早已免了你所有不必要的禮數？孤始終不只把你當作臣子。你怎麼總是不明白……」

使者上前，以輕柔的拍撫打斷王的責備，懷念的動作讓王恍惚了半晌，直到使者的嗓音在他耳邊響起，「陛下，只要是您的希望，我都會盡力為您達成。」

「但是，請您千萬不要忘了，我不是——」

「……行了，下去吧。」

王的神色瞬間冷淡下來，望著使者離去的背影，他緩緩闔上雙眼。

並不是畏懼懲罰，只是現在還無法面對你……

總有一天，定會在黃泉與你重逢，到時候，孤會選擇了結一切。

即使會再次背叛你——

「……對不起。」王頹然伏在床上，柔軟的唇輕覆在被褥下起伏的斷頭輪廓上，細細呢喃，

「讓孤再任性一陣子吧……狩。」

天烈等人一路順遂的來到擁翠村口，但要再次踏入村莊時，天烈和狩的步履卻躊躇起來。
「怎麼了？」天芯望向一臉苦澀的天烈。
「我們要先去鐵先生那兒吧？有點不知該怎麼面對他。」
不管是阿公羅難的事，還是金屬腦袋損毀的事，都很難對他開口……
天芯看著死氣沉沉的兩人，露出清淡的笑。
「去了才知道。放心，有我在。」
「…………？」
對於天芯從容的態度，天烈和狩感到不解，但想著或許是對生人的抽離感讓她比較能冷靜以對，便沒再多說什麼。
直到天芯到了打鐵店，熟門熟路的長驅直入後，他們才發現自己大錯特錯。
「鐵拐，我回來看你了！」
「啊，芯芯！」鐵拐一雙圓眼迸出喜悅的光芒，「妳找到人啦？」
「是啊！而且你也認識的，看！」
天芯說完後大方招呼伙伴進屋，兩人這才尷尬的向鐵拐揮手問好。

「原來是你們！怎麼這麼巧？」鐵拐在看到天烈的當下忽然靈光一閃，立刻把他拉到天芯身邊，仔細打量兩兄妹一番，「我之前都沒發現，你們倆長挺像。」

「我們是親兄妹，當然像。」

「原來是這樣。那他也是穿越者嗎？」

「是啊。」

「小東西，之前怎麼沒告訴我呢？不夠意思。」

面對鐵拐的質問，天烈在乾笑幾聲後說了抱歉。

「鐵拐是這次接濟我的人，知道他完全不排斥穿越者後，我就對他坦承了。」

天芯一邊流暢的解釋，一邊蹭到哥哥身邊悄聲補充，「由於這次情況特殊，我穿越過來後有故意循著正當程序以免招人注目。不然我其實不需要接濟的。」

兄妹咬耳朵的同時，鐵拐的注意力來到狩與他手上毀損的假頭上。

「老天，你把你的寶貝怎麼了？」鐵拐驚呆不已，甚至忘了要生氣。

狩正欲用心靈溝通致歉，便被天芯上前打斷。

「那時候情況真的非常危急，罹魍的觸手就像刀子一樣，咻啪！直接插進他的頭顱裡。」發出狀聲詞的時候，天芯還不忘以手勢比劃示意，「這樣你還忍心怪他嗎？當時真的太兇險了。」

天芯說完，還一副餘悸猶存的模樣。

「如果是這樣的話，就真的沒辦法了。」鐵拐諒解的點頭，還拍拍狩的肩膀安撫道，「沒關係，我之後會把它改得更堅固，讓你不再遇上這種危險！」

看著狩與天烈，鐵拐忽然發覺事有蹊蹺。

「不對啊，老馳這是怎麼了？他不是負責帶你們倆嗎？怎麼還會發生這種事？」

打鐵店內靜了下來。

其實傷了狩的羅魍宿主就是馮清馳，而他已經陷入沉眠，可能再也無法醒來——這些話三人無論如何都無法親口說出，只能呆站在鐵拐面前，久久無法言語。

良久，近乎凝結的氣氛終於被鐵拐的大笑打破。

「蠢蛋。」鐵拐仰天，神情戲謔，「就說你不是當賞金獵人的料，你看我有沒有說錯。」

彷彿馮清馳就在他面前，一如往常的笑鬧回嘴一般，鐵拐對著空氣繼續罵。

「就說你連刀都用不好還硬要去殺敵，你看我有沒有說錯。」

「就說你總有一天一定會被自己蠢死……看吧，我沒有說錯。」

「蠢死活該。」

無論對鐵拐的笑，還是對他的嘲諷，三人都無法生出絲毫怨懟。

因為那表情實在是太痛了。

「什麼都不用說。看你們的表情我就知道，而且我了解老馳，他不會隨便扔下小朋友不管。」

「…………。」

「你倆，有什麼護具都拿出來吧，大概都是老馳挑的破東西，所有性能都得強化一次。」瞥過開始拆卸裝備的天烈與狩，鐵拐朝天芯伸出手，「芯芯的拂塵也拿來，上次做得太趕了。」

天芯乖乖點頭，把拂塵交出去後，被鐵拐輕輕揉了揉腦袋。

「還好你們都回來了。」

「我會照顧你們的。之後也要平平安安的，絕對要。」

◆◇

鐵拐強化裝備的期間，三人在他那邊住了下來。

由於有他們在一旁當助手，鐵拐的工作效率提高許多，短短幾日，就將為數不少的裝備強化完畢。

「現在只剩鐵腦袋了——」

鐵拐的話被門外傳來的腳步聲打斷，聽聞跫音的瞬間，他神色一變，立刻把店裡忙活的三個人推進底部的小房間內。

「噓！別出聲！三個都進去，在我叫你們出來前都安靜躲著。」

「……！？」

三人在不知所措下踉蹌進了房間，鐵拐迅速把門帶上後，便一如往常坐回工作桌前，背對著店門埋頭苦幹。

「鐵先生，我又來打擾了。」不高不低的嗓音從門外傳來，說話的人語氣冰冷，卻透出一股難以言喻的執著。

「回去。不要再來了。」鐵拐既沒有轉頭，也沒有停止手上的工作，「她已經離開很久了。」

「不。她前幾天回來了。我來訪前先跟村民打聽過。」一襲連帽黑斗篷、揹著大鐮刀的身影走入店門。

「鐵先生，我是為了幫助那名少女而來，您這樣刻意隱瞞，不免讓人起疑……」

「那你說說，為什麼要幫她？」

「抱歉，無可奉告。」

「你打算怎麼幫她？」

「這也……無可奉告。」

「如果我很可疑，那你比我可疑千千萬萬倍！」鐵拐憤然起身，對著黑衣人大罵，「什麼都不想講，就別想動我家的新人！立刻滾出我的屋子！」

「鐵先生，我真的沒有惡意。到底要怎麼做您才會相信我？」

「先好好回答問題我再考慮。」

「這……真的無法……」

「那就滾。」鐵拐語氣堅決地坐回工作桌前，不再對黑衣人有任何理會，但對方沒有就此放棄，依然佇立在原地，直盯著鐵拐。

『天芯，妳認識嗎？他好像是來找妳的？』天烈一邊從門縫偷看，一邊拋出心靈溝通。

『應該是來找我的沒錯，但我不認識他。』天芯若有所思的看著門外的黑衣人，她先前來過黃泉許多趟，確實認識一些人，但這位並不在其中。

『嘖，難道是什麼來路不明的變態嗎？』天烈的表情瞬間變得有些險惡。

『你可別去招惹人家，那人一看就不是簡單貨色。』天芯看自家哥哥一臉警戒，不禁覺得好笑，『如果有必要，我會自己對付他。』

『就是不能讓他看見妳啊！萬一近看太可愛讓他更纏人怎麼辦？』

『我去，行了吧？』狩含笑的心音傳來。

『噗。沒想到連狩也來湊熱鬧。』

『你們——』天烈心靈溝通的同時依然緊盯門外，但他還沒說完，思緒就在與黑衣人四目相交的剎那停滯下來。

糟糕……天烈立刻後退了幾步，但已經來不及了。

◆◇

「裡面……好像有人……？」

黑衣人喃喃的同時，鐵拐迅速站起身來。

「鐵先生，既然人真的在這裡，請至少讓我看看她的……」

刷——！

鐵拐抄起手邊的鐵鉗直指黑衣人鼻尖，儘管沒再出言趕人，他眼裡的敵意還是說明一切。

「鐵先生，我不想與您動武。我想您也知道，不會有人想主動招惹大獵人時代的『鐵血狂刃』

——」

看著眼前燒得燙紅的鐵鉗，黑衣人只覺得無比困窘，他自知不擅與人交流，但沒想到會把人氣到亮出武器的地步。

「如果幾百年前的破稱號能讓你識相一點的話，倒也挺好！」

鐵拐舉起鉗子，一個箭步衝向黑衣人，他右腿的機械鎧不只不妨礙行動，還比一般肌肉更加靈活有力，但對方的身手也不差，見鐵拐的鉗子朝他揮來，他一個下腰閃過攻擊，並趁勢後翻拉開距離。

鐵拐的動作並沒有在第一次揮擊後停下，他站穩腳步，高速揮舞鐵鉗，此舉無意攻擊，只是激起強大的風壓，將黑衣人瘦小的身軀往門外送去。

「我的話……還沒說完啊……！」

黑衣人咬牙，舉起原先掛在背後的大鐮刀，將迎面而來的風壓硬生劈開。

「如果必須用這種方式才能完成任務，我不介意成為挑戰舊時代王者的傻瓜。」黑衣人說著，鐮刀口已壓在鐵拐肩上。

壓刀斬擊的瞬間，鐵拐側身閃過，並從工作桌下抽出一把長刀，刀鞘未脫便削往黑衣人的頸部。

雙方一來一往，速度極快，打鐵舖並非寬廣的打鬥場所，從鐵拐拿刀之後，兩人幾乎維持原地過招。打鬥造成的碰撞與刀壓把店內弄得一片狼藉，但雙方始終不願意收手。

『你們覺得我現在衝到中間挨個幾刀，會不會讓他們停下來……？』天烈覺得自己闖了大禍，正在思考可行的解決方案。

『別傻了。你那樣做的話，鐵拐會動真格，情況更糟。』回話的同時，狩緊緊拽住天烈的手臂，順便將他往後拉。

『雖然小不點身手很好，但鐵拐更強。』天芯緊盯門外戰況，不禁讚嘆，『從他連刀鞘都沒脫，就知道他目前只是在示威跟牽制……頂多施加點壓力讓小不點知難而退吧！』

『要是有什麼變故，我會去把鐮刀奪過來。』狩看天烈一臉自責，連忙柔聲安撫。

『狩你緩緩……讓我再看看小不點的打法……』

天芯專注地盯著門外，眉頭越皺越緊。

「黑斗篷、身形嬌小……如鬼影般飄忽飛速的鐮刀斬擊……」她喃喃唸出浮出腦海的幾個關鍵詞，隨即恍然大悟，「等等，這個人……！」

天烈與狩還來不及反應，天芯便砰地打開房門，對著外頭大喊。

「穿盟！您來自穿越者聯盟，對吧？」

◆◇

天芯的喊聲讓激鬥中的兩人停下動作。

「芯芯！妳怎麼跑出來了！」

面對天芯，鐵拐的狠勁立刻消失無蹤，此刻的表情反倒像個心急的孩子。

另一方面，黑衣人被方才的話震懾，只能瞠目直視天芯，一時找不回聲音。

「是穿盟那就說得通了。鐵拐你放心，他什麼都不講不是因為想使壞心眼，而是穿盟一般不會主動透露身分。」天芯說著，不禁有些無奈，「畢竟不是所有人都對穿越者很友善。」

「嗯。妳繼續說。」鐵拐手扶下巴，聽得十分認真。

「啊，那是……」

黑衣人話一出口，馬上被鐵拐打斷，「你閉嘴，我只想聽芯芯講話。」

「……對不起。」

黑衣人小聲道了個歉，乖乖閉嘴後，他的目光繼續停留在天芯身上。

「不過，您會這麼做，一方面也是為了保護我吧？您不敢貿然說出來歷，其實是怕鐵拐在知道我可能是穿越者後對我不利。」天芯輕嘆一聲說，「不過您誤會他了，知道我是穿越者後，他反而更加保護我了呢！」

「芯芯妳不需要跟他解釋！我不在乎他有沒有誤會我。」鐵拐滿臉嫌惡的瞥了黑衣人一眼。

「但我不喜歡人家誤會你。」天芯回嘴，對鐵拐綻開頑皮的笑，「而且誤會解開了比較好說話嘛。您說是吧？」

黑衣人怔怔點頭後，露出些許尷尬的神情，「那個……不要用敬稱……」

「您是穿盟中人稱『死神』的盟主右手，我可不敢怠慢。」天芯微笑望著手足無措的黑衣人，而後者在被她點名後，終於脫下連身帽，露出一頭俐落的黑色短髮與略帶青澀的少女臉龐。

「妳怎麼知道……」

「雖然穿盟很低調，但幾個高層在外頭還是多少有些傳聞的。我不過是幸運猜中罷了。」

……這女孩，真的是新人嗎？

聽完答覆，死神一臉詫異地瞪著天芯，原本心中漾起一絲懷疑，但一見著對方甜滋滋的笑，瞬間又羞得什麼都忘了。

「我曾經聽說，穿盟在我們村裡有安排眼線，看到疑似穿越者的新人就會從本部派人過來關心。原來這是真的。」鐵拐的眼神稍微變得友善了些。

「不過，為什麼會派您來呢？」天芯眨眨眼，笑問，「一般慰問新人用不著左右手親自出馬吧？」

其實，知道對方來自穿盟後，天芯就無意對她隱瞞自己以特殊形式穿越的事實，甚至有意無意透露自己的不尋常之處，希望能增加與穿盟進一步接觸的機會。

然而，如果天芯在穿越時，真有能讓穿盟起疑的破綻，那麼就很難確保，他們至今仍無法確認身分的敵方，是否也發現了這件事……

「啊，事情是這樣的。」死神想起自己的任務，心情立刻沉重起來，「不久前，我們的人在擁翠附近的林地發現『餌』的殘骸。由於擔心又有同胞因淨化儀式遇害，所以才派我過來調查。」

「餌的出現是大事件，盟主大人原本想親自關切，但最近正逢祭典籌備期，他抽不開身，只好由我代為視察。」死神輕蹙眉頭，神情嚴肅，「接到妳的消息後不久，餌的事情也報了上來。

我們擔心妳有可能遭遇不測，所以才急著找妳。」

「原來是這樣。不過你們的消息慢了而且有所遺漏。碰上淨化儀式的並不是我。」

死神的回答讓天芯鬆了口氣，放鬆心情後，她馬上把心思放在淨化儀式上——她對哥哥的事情一向睚眥必報，之前聽天烈談起時就很不爽了，儘管那兩個狂信者最後走得可憐，這一狀還是不告白不告。

「咦？妳的意思是，在妳之前還有……」

「哥哥，你自己過來跟她講清楚。」

順著天芯的視線，呆站在房間門口的天烈與狩映入死神的眼簾。

「哥哥……？親哥哥？都是穿越者？」

「是啊。」天芯注意到死神刷白的臉色。

「呃，是我失態了。」死神偷偷看了天芯一眼，又趕緊移開視線，「對不起。」

「還是先討論淨化儀式的事吧！」天芯回以燦爛一笑。

「那件事……」天烈與狩緩步來到天芯身邊，想起那段往事，一時有些心塞。

「如果是要追究就別提了吧。我沒真的被抓去淨化，兩個狂信者也都已經罹難了。其實，他們不是壞人……」天烈輕嘆一聲，淺淺的笑中摻著懊悔，「要是當時能救下他們就好了。」

「簡單來說，就是我哥差點被信徒抓去淨化，但最後反而是信徒自己被羅魍吞噬了。」聽哥哥講得亂七八糟，天芯直接幫忙作結。

聞言，死神臉色鐵青地盯著天烈，自責之情溢於言表，「我完全沒收到你的消息……這的確是很大的疏失！」

「呃，我來的那天是全村避難日啦！連村子都漏了，你們要知道也很難吧？」知道死神的來歷後，天烈對她便沒了戒心，見她一臉天崩地裂，便走過去拍拍她的肩頭安慰道，「小事而已，妳別自責了。」

「不。請務必隨我到本部一趟，不安心的話，與伙伴同行也沒關係。我會自己跟盟主大人請罪，之後再想辦法補償你。」

「是也不用……」

「不。我們要去穿盟。」天芯毅然打斷天烈的話，「不過，不是想接受補償，而是有情報想要交換。」

「……咦？」

「詳細到那邊再說。放心，我不是信口開河，這給您。」天芯從衣帶中拿出一張紙片，死神攤開後，看見上面密密麻麻的咒文。

「我的伙伴被羅魍詛咒了。我之前把他身上的咒文記下來，原本是打算自己研究，不過既然有這個機會，拿出來交流一下也無妨。」天芯湊近死神，悄聲說，「雖然只是風聲，但穿盟一直都有在做羅魍相關的研究，對吧？」

「……？！」死神細細抽了口氣，但並沒有正面答覆。

「我會把這件事呈報上去。」

「那就先謝謝您了，死神大人。」

「別再那樣叫我了……也不要用敬詞……」說著，死神的小臉又紅了，「我叫坂本亞矢，叫我的名字就可以了。」

◇貳章 神秘面紗

天烈等人決定前往穿盟本部後，鐵拐表示能在他們出門的期間把金屬腦袋改造完畢。

穿越者聯盟本部位於玄鳥城後方的林地中，與城市雖距離不遠，但設有結界保護，一般人無法輕易找出位置。

隨著亞矢進入結界後，天芯仔細觀察地上用來維繫結界的大小法陣，若有所思的笑問，「很縝密的結界。是盟主的傑作嗎？」

「是的。」亞矢帶三人走進聯盟大廳後，直指中央受到保護的巨型法陣說，「被防護層籠罩的部分，就是結界之本了。」

穿盟建物的外觀大致呈圓筒狀，走進內部，會看到明顯的中空建築結構，各樓層圍繞著一樓的巨型法陣，皆有寬廣的環狀走廊與許多房間。

「法陣放在這麼明顯的地方，不怕出意外嗎？」

「這是盟主大人表達信任的方式。」說著，亞矢的神情突然轉為陰暗，「若有人敢背棄盟主大人，我會讓他們比死還要痛苦。」

……不愧是聯盟的死神吶。

場域立刻被亞矢令人發寒的殺氣籠罩，但她對此似乎沒有意識，領著眾人來到樓梯口後，恢復平靜的態度繼續介紹，「由於怕侵害到這裡的法陣，我們通常不會在大廳久留。之後帶你們到處看看，我們得先上樓跟一個人匯報……」

「亞矢，妳順利把人帶來了？」亞矢話音未落，便被一聲溫暖的呼喚打斷。

「……說人人到。」

亞矢稍稍縮了腦袋，把半張臉藏進黑斗篷中。於此同時，一名身材高挑的青年走向亞矢，笑容雖然溫和，卻帶著點英武。

亞矢一見到他便賭氣似抿唇，狠狠瞪著對方的笑顏。

「對不起，我知道這本來是我的工作。但最近祭典相關的人事調動抽不開身，只好把新人交給妳處理。」青年摸摸亞矢的頭，柔聲說，「原先打算這邊結束後就去擁翠看看，沒想到妳這麼快就完成任務，盟主大人也會很欣慰的。」

「才不好。出了大事，我現在要去請罪。」亞矢瞥了青年一眼，小聲說，「他們就交給你了。」

「啊！我就說不用——」一聽情況不對，天烈連忙高呼阻止，然而，亞矢卻像完全沒聽到似的，頭也不回的往樓上衝去。

「只是小事啊……」天烈難掩懊惱，正躊躇著要不要追上去，便被青年伸手拉住。

「沒關係。讓她去吧。」青年望著亞矢跑走的方向道，「現在她大概只聽得進盟主大人的話，盟主大人會妥善處理的。」

「盟主……不會責怪她吧？」天烈依然放心不下。

「無論如何，盟主大人都會用最適合的方式處理。」青年轉向天烈等人，友善的說，「初次見面，我叫崔恩浩，是亞矢的搭檔。雖說是搭檔，但我們常被分別指派性質完全不同的任務，更類似互補關係。」

「幸會。既然是盟主右手的搭檔，那您就是盟主左手了吧？」天芯眨著水靈的眼問。

「看來妳似乎對穿盟已初步了解。這次的新人小姐不簡單喔。」恩浩有些意外的看著天芯，試探道，「還是……情報出錯，新人穿越者其實是妳身邊這位先生？」

「一半一半。」天芯說完，便用力挽住天烈的手臂，「我的確是穿越者新人啦，不過你們漏了他倒是真的。」

「妳啊，別再提這件事了！」天烈露出寵溺的笑，一邊揉著妹妹的腦袋，一邊對恩浩說，「我叫馮天烈，她是我妹妹馮天芯，然後這位是狩，我們三個目前計畫在黃泉旅行一陣子。」

『抱歉，我並不是穿越者，如果待在這有什麼不妥的地方……』

「但你是穿越者的伙伴吧？這樣就夠了。」恩浩微笑打斷狩的心靈溝通，指了指他空空的頸子問，「看起來傷得挺重，還好嗎？」

『目前維持這樣沒關係。』

「那就這樣吧。」恩浩淺淺笑著，顯然沒有追問下去的打算。

「比起你們之中有誰不是穿越者，我比較在意天芯剛剛的話。妳剛剛說我們漏了妳哥哥，對吧？看樣子，亞矢會那麼著急，恐怕是為了這件事？」

沒想到恩浩又把話題扯回來，天烈感到十分困窘，「我來的那天，擁翠村剛好有羅魍來襲，大家都去避難，當然不會有人來接應我。那時我還不知道擁翠村的存在，就直接在森林裡到處亂走，之後遇上了一點事……總之回村子後，我也刻意隱瞞自己是穿越者，你們會把我漏掉是正常的。」

「原來遇上淨化儀式的是你嗎？」聽了天烈的敘述，恩浩心中有了答案，「抱歉讓你遭遇那種事。」

「淨化儀式……真的那麼嚴重嗎？」

「事實上，因為孿神教義的關係，穿越者遭受歧視的情形並不罕見。排擠或霸凌不至於有生命危險，但淨化儀式就不一樣了。」恩浩的口吻依舊溫和，但態度卻十分嚴肅，「因為，那會與羅魍扯上關係。」

「孿神信仰有個分支極度崇拜羅魍，儘管羅魍會致黃泉所有生物於死地，但對他們來說，這反而是使人崇敬的原因。不知是哪來的謬論，竟然出現『羅魍等同孿神，能幫穿越者消除記憶，重拾恩惠』的說法。而引來羅魍襲擊穿越者的活動，就是所謂的淨化儀式。」

恩浩一邊敘述，一邊領著天烈等人來到二樓走廊，選了張舒服的長椅讓大家坐下休息。

「在穿盟壯大起來以前，淨化儀式在民間十分風行。最初的『餌』，就是為了儀式而製作的物件。」話到此處，恩浩的神情轉為苦澀，「因為某些人自以為是的善意，許多穿越者成了犧牲品。教徒的說法是，如果淨化儀式不成功，那就是被淨化的人罪孽太深，連神都不願意救他們……但怎麼可能會成功？羅魍的吞噬是無差別的。」

這番闡述說得忘我，回過神後，恩浩忽然發覺自己的措辭有點激烈，趕緊緩頰道，「對不起，我好像一下子說太多了……」

「不。我多少能想像出犧牲者的恐懼……」聽著恩浩的話，天烈忽然覺得胸口一陣緊縮。要是當時沒有狩在身邊，他大概真的會被覆滿羅魍氣息的小刀刺穿腦門吧？

「也許人死後被送來這裡，就像人天生有不同的特徵一樣，保有生前記憶應該只是較少數的特質而已……？」

天芯一面大膽猜測，眼神一面不經意飄向恩浩，對上眼後發現對方也正意味深長的凝視著她。

「雖然想贊同妳的說法，但很遺憾，在穿盟與眾多穿越者交流後，我發現，黃泉的記憶篩選機制也許是有跡可循的。」

「咦……？！」

面對三人錯愕的表情，恩浩語氣平靜的說，「我所認識的先天穿越者，包括我自己，雖然死因包羅萬象，但都有一個共通點——我們，都是自殺身亡的。」

聽了恩浩的說法，天烈等人大吃一驚。

「看表情就曉得，你們果然不是一般的先天穿越者。」恩浩滿意的揚唇，轉而問天芯，「這件事連妳都不知道了吧？」

「確實讓人意外。」天芯雖然還處於震驚之中，但還是有條有理的答道，「記憶篩選這麼大的事，外頭居然一點風聲也沒有。」

「雖然的確是很重要的情報，但為了自保，我們也只能隱瞞了。」恩浩的笑中摻著一絲感慨，「若是讓一般人知道我們的死因，世人加諸給穿越者的原罪恐怕會更加名正言順。」

「辛苦你們了。」

說來諷刺，自殺身亡的穿越者們理應最想忘記生前的痛苦而重生，黃泉的篩選機制卻讓他們成為少數保有記憶的族群。

「你們別露出那種表情，現在我們都過得很好。」天烈等人沉重的反應讓恩浩忍不住出言安慰，掛在他白淨的面容上的微笑雖然柔和，卻帶著不容動搖的自信光輝，「因為曾經嘗過絕望的滋味，穿盟的成員在困頓中更能彼此扶持，從前的致命傷反而變成我們現在的強項……」

恩浩話音未落，就被突然降臨的漆黑身影打斷。

「恩浩，帶他們上樓。」儘管亞矢把半張小臉埋在斗篷中，依然藏不住她略帶不安的神情，「盟主大人現在就想見他們。」

「我知道了。請三位隨我到辦公室。」相較於亞矢的步履急促，恩浩顯得從容不少，甚至湊近天烈等人悄聲打趣，「這下終於能讓那個工作狂從公文中抽出來稍作休息了，看來得感謝你們呢。」

「造訪得這麼突然，真的沒關係嗎……？」突如其來的轉折讓天烈瞬間緊張起來。

「放心。盟主大人為人親和，雖然位高權重，但相處起來跟一般人沒什麼不同。」

恩浩邊說邊將天烈等人帶往盟主辦公室門口，與早就在門前等待的亞矢會合後，便伸手輕敲辦公室潔淨的門板。

◆◇

盟主辦公處，一如穿盟整體白淨的裝潢風格，甚至更為簡樸。

公文整齊的疊放在辦公桌上，幾乎淹沒埋首的穿盟盟主，只能隱約看見他雙手交疊，下半臉被撐著下巴的兩掌遮蔽，露出深鎖的眉頭與沉思中的認真雙眸。

聽到敲門聲後，他輕應一聲，當恩浩與亞矢領著天烈等人進門時，他已經將辦公桌清出一塊方正的空間，讓來者能看清他端正嚴肅的模樣。

「人都帶到了，盟主大人。」

恩浩與亞矢恭敬的行完禮，隨即一左一右，站到了盟主身後。

……說好的平凡親和呢？各就各位的大人物與左右手一整個氣勢萬鈞啊！

盟主專心思考著事情，似乎沒注意到對面三人僵直的反應，直到被恩浩輕點肩膀提醒，才赫然發現三位客人到現在還呆站在門邊。

「抱歉，一時散神。三位請坐。」盟主說著，伸手引了一下方向，天烈等人的視線隨之來到幾乎隱沒在背景中的純白沙發與小方桌上。

「坐吧，別太拘謹。」恩浩上前，友善的引導三人坐下，「我去端個茶水，你們先聊。」

「沒關係……我們……」

天烈話還沒說完，恩浩就哼著歌走出辦公室了，唯一看起來輕鬆自在的傢伙一離開，室溫彷彿一下子驟降了三度。

現在該怎麼辦？光發呆傻笑也不是辦法，但總覺得在主人開口前自己先講話很沒禮貌……天烈在煩惱之際，偷偷瞄了盟主一眼，驚恐的發現對方也正一臉肅穆的盯著他看。

「遇上淨化儀式的人是你嗎？」

四目相交的當下，盟主用略帶沙啞的聲音開口詢問。

「嗯。」

天烈怔怔點頭，正想著該如何接話，就見盟主倏然起身，朝自己深深一鞠躬，「讓你遭遇到這種事，真的很對不……唔呃！」

由於鞠躬的幅度實在太大，盟主在低頭時不小心撞到桌上堆得老高的公文，紙堆霎時往下滑落，直接把他的頭淹沒在桌上。

「啊啊啊盟主大人——！」

亞矢跟天烈幾乎是同時慘叫，趕緊替他把頭上成堆的公文紙搬開，一旁的天芯跟狩也看傻了眼，連忙跟上整理眼前的狼藉。

當恩浩端著茶水進門，看見房裡的情況後也是一驚，他把茶水放下，輕聲唸了個短咒，原先亂糟糟的紙堆便隨著法術製造的風流收攏，緩緩在他手上被重整成整齊的一大疊。

「大家都沒事吧？公文都在我手上了。」恩浩柔聲說，「不過，法術沒辦法幫忙分類。等一下我整理就好，各位先繼續吧。」

「謝謝……」盟主抬頭，額上還留著剛才撞出的紅印子。

「盟主大人已經不眠不休忙了好幾天，一定是太勞累了體力不支，才會在桌前摔倒……」

不，怎麼看都像是行禮時動作太大而造成的連鎖反應……儘管亞矢解釋時的神情十分認真沉痛，盟主大人的威儀還是被剛剛那一下撞掉不少。

不過，盟主的確一副精神不濟的模樣，臉色蒼白，眼神時不時的失焦，一看就是忙到沒時間歇息，隨時可能失去意識的模樣……

人在黃泉雖然不睡不會死，但與吃飯同理，累的時候還是得靠睡眠補充體力。

「盟主大人，記得睡覺……」

看著盟主疲憊的神態，天烈不自覺將以前常跟同學寒暄的話脫口而出。

他在人間上大學時，自己與系上同學為了作業常常也是這種狀態。盟主大人此刻的模樣讓他覺得像是回到學校，看到沒睡飽的小伙伴一樣，甚至一時把方才的緊張感忘了。

而盟主聽到這句話後，眼裡閃過一絲光芒，回味片刻後，輕笑道，「好懷念啊，以前我讀書的時候也常被同學這麼提醒……你連語氣都跟他們好像。」

「您不介意就好……」

「讀過大學了嗎？」
「目前還是大學生。」
「主修什麼？」
「數位多媒體。」
「哈哈，還真的是相關科系。我生前主修遊戲設計。」
「咦？！」天烈大吃一驚，瞪大雙眼望著微笑的盟主。
「有機會再聊吧。」盟主的神色比剛會面時放鬆了不少，「我們還有更重要的事要說。」
言畢，他拿出那張來自天芯的紙片，將它攤平在桌上。
「妳叫馮天芯，對吧？這張紙是妳拿給亞矢的嗎？」盟主凝視著天芯發問。
「是的。」天芯的態度比天烈自在許多，「因為一時想不到解咒的方法，所以想找高手交流一下。」
「那妳可能要失望了，因為我目前也想不到該怎麼破解這道詛咒。」盟主看著桌上的紙片，陷入思考，「大致看來是黃泉的語系沒錯，但細部還是有很多無法解讀的地方……妳之前跟亞矢提過，施咒者是罹魎？」
「精準來說，是吞噬人類宿主後，得到人形軀體的罹魎。」天芯補充，「狩，情況你比較清楚，你來跟盟主大人說明。」
盟主的眼神，隨著天芯的引導來到狩身上。

「被羅魍詛咒的部分是脖子那圈對吧？」

狩輕輕行禮表示同意，並以心靈溝通把女妖一戰及天烈天芯來到黃泉的前因後果詳細說明一次，盟主專心聽著，時不時與左右手交頭接耳，相互確認某些細節。

一切說明完畢後，穿盟那邊又你來我往了好一陣子，終於在討論告一段落後由恩浩代表發言。

「很遺憾，如果單純想要解咒的話，我們暫時無能為力。不過，你們提供的經驗讓我們的研究有所進展。」恩浩停頓片刻，與盟主短暫眼神交流之後，續道，「從剛剛的談話聽來，你們的對手似乎跟羅魍脫不了關係，若想得到一些外界打聽不到的情報，穿盟願意提供協助。」

「聽起來似乎是我們占了便宜？」

眼下進展得太過順利，讓天芯忍不住想多問幾句。

「那倒不見得，因為你們間接證明了我們一直在推測的兩件事。」恩浩回以一笑，「第一，羅魍與生前記憶有直接相關。第二，羅魍與人類其實是相似的物種。」

「之前蒐集的情報顯示，人在成為羅魍宿主後會恢復生前記憶。」

由於穿盟研究羅魍相關事宜通常由亞矢負責，因此她順理成章負責起解釋的工作。

「女妖毫無疑問是宿主。你們的同伴大概在戰鬥時就被寄生，所以恢復了記憶。」恩浩替亞矢小結後，友善補充，「如果也能邀請他過來就好了，直接問也許更明確。」

「這……」

見天烈等人欲言又止的模樣，盟主蹙眉給恩浩使了個眼色，此時恩浩心中已經對這位夥伴的下場有了底，連忙道歉，「是我一時考慮不周。對不起……讓你們想起不好的事。」

天烈天芯擠出艱難的微笑，狩則克制心中的哀傷，輕輕拍著兩兄妹的肩表示安慰。

「第二個假設說羅魍與人類相似……十分大膽呢。」見氣氛一下子凝重起來，天烈趕緊發言讓討論進行下去，「畢竟，多數人似乎認為羅魍更接近神？」

「的確。羅魍的強大，加上孿神教義的影響，讓人普遍將它們當成神的使者，甚至是神的化身。」亞矢認真答道，「但事實上，它們的生存方式一直是個未解之謎。」

「羅魍剛附到宿主身上時，宿主還能保留些許意識。然而，當羅魍完全取代宿主的時候，保留的只剩宿主的外型。」

「由於人類成為宿主後，通常在還有意識的時候就被制伏，所以化作人形的羅魍十分罕見。至少，你們是我目前聽過最完整的案例。就你們的說法，這隻人形羅魍不只會說話，還會施加詛咒，如果它不是特例的話，就足以證明，羅魍的思考與情感其實是可以與人類互通的。」

「原來平時只是懶得跟我們溝通嗎……？真惡劣。」天芯絲毫沒有隱藏自己的厭惡之情。

「若女妖所言屬實，羅魍的行動似乎遵循著某個共同意志……而那個意志的定奪，甚至關乎黃泉的存亡……」恩浩清了清喉嚨，沉聲說，「我們覺得，比起羅魍，那個共同意志的源頭可能更接近所謂的『神』。羅魍或許依循著神的意志行動，但品階絕對比神還要低，至於低到什麼程度……大概更接近與它們勢均力敵的人類吧。」

「照你這麼說，我們的敵人，可能是黃泉的神？」

天芯雙手抱胸，對這個結論感到吃驚。

「說實話，我甚至質疑『神』的存在。」恩浩直言，「我不是孿神信徒，所以不覺得掌管黃泉的一定是孿神。但可以確定，與你們為敵的，應該是羅魍背後的勢力。」

「總之今年孿神祭，三位還是留在穿盟避一避吧。」

安靜許久的盟主突然說道。

「您覺得孿神祭有問題？」

「對。」盟主不假思索的接口，「一方面考慮到危及你們的勢力，另一方面則源自穿盟自己的觀察。」

「穿盟素來沒有直接參與孿神祭典，祭典期間也因防備情緒高昂的信眾而幾乎待在本部避禍。但作為黃泉民間的三大組織，還是有相關業務必須處理。正因為每年都站在半個旁觀者的角度觀察，我們發現主祭儀式有些弔詭。」

盟主說到這裡，對黃泉體制不太熟悉的天烈與狩已經陷入迷惘狀態，只剩天芯若有所思的望著盟主，示意他繼續說下去。

「我們猜測，孿神祭典舉行的目的之一，可能是為了讓大部分的人民維持在失去生前記憶的狀態。主祭儀式的施法每年都會影響黃泉全境，但如你們進來時所見，穿盟本部的結界嚴謹，不受影響。」雖然嘴上說是猜測，但盟主用的卻是肯定句，「你們知道，穿越者其實有先後天的差別嗎？先天穿越者是指來到黃泉就保有生前記憶的人，後天穿越者則是在黃泉生活一陣子後恢復記憶的人。」

「根據待在穿盟的後天穿越者轉述，除了被罹魎附身之外，生前的執念被喚醒也能使人恢復記憶。由於因果律即使到了黃泉依然存在，生前關係深厚的人們在黃泉再度碰面的機會相對提高，因此照理說，在黃泉恢復生前記憶應該並非難事。」

「然而，我們在穿盟以外的地方，從來沒有實際發現其他後天穿越者，即使是傳出風聲的對象，也都在查實後發現是誤判。」

「這不可能啊！我們認識的人裡面就……」天烈話說到一半，就被天芯貼上一張空白符咒堵住了嘴。

「謝謝穿盟提供的各種情報。」只見她笑容滿面的抽出拂塵，掏出另外幾張寫好的符紙道，「不過，對我們來說，躲在這裡避難不是好選擇。所以還是先告辭了。」

「你們打算以身犯險？太愚昧了！若你們因為祭典失去生前的記憶、甚至遺忘自己處境，不是正中敵人的下懷嗎？」盟主難以置信的看向天芯，「我不可能放任你們因穿盟提供的情報而胡亂涉險，你們還是留下來考慮一陣子吧。」

盟主說話的同時輕輕抬手，原先靜靜站在他身後的左右手，在看見盟主的動作後心有靈犀的互看一眼，隨即跨步上前，逼近天烈等人。

恩浩與亞矢突如其來的大動作，使得被挑起危機天線的狩立馬把天烈拉到身後，天芯則文風不動站在狩旁邊，緩緩舉起拂塵。

「唉，穿盟保護同胞的方式果真如傳聞中簡單粗暴呢！既然您率先出手，我也不跟您客氣了。」

語畢，天芯拂塵一揮，一次射出三張煙霧咒，原先沒想到雙方會兵戎相向的亞矢與恩浩都愣了一霎，回過神後，三名客人的身影早就消失在他們眼前。

「恩浩，追上去。」

亞矢對盟主的旨意一向使命必達，她率先飛奔而出，直接沿著樓梯扶手滑行到一樓大門口，卻訝異的發現大門已經敞開，前方的路上亦不見任何人影。

「逃掉了？這速度……不合常理啊。」

亞矢望著前方空空如也的風景低聲喃喃。

這時，恩浩也抵達亞矢身旁，眼前的情景讓他有些哭笑不得。

「這幾個人果真有特別之處。看來，今年的孿神祭不可能平靜了。」

◆◇

狩一手扛著天烈、一手抱著天芯，以極快的速度竄進穿盟建築附近的林地。

跑了一段距離，確定對方不會再追上來後，狩才放心將兩兄妹放下。

兄妹倆雙雙落地後，比起嘴上還黏著符紙、一臉錯愕的天烈，天芯甩著拂塵收回腰間的動作顯得無比瀟灑。

『那幾個人怎麼回事？我以為他們不是壞人。』

狩的思緒顯然還在震驚當中，然而野獸般的直覺讓他就算腦子沒轉過來，也能憑本能做出反應。

「他們人很好啊！只是保護同胞的方法過激了點。」天芯回得不疾不徐，「雖然就這樣躲著是最安全的方法，但哥哥能在人間活著的時間有限，我們沒時間跟他們慢慢耗。」

「逃出來是對的。畢竟如果他們說的話都是真的，我說什麼也不可能坐視不管。」天烈此時已經撕下嘴上的空白符紙，神色凝重道，「如果孿神祭真的會讓人失去生前記憶的話……」

「先別著急。他們口中的主祭儀式，跟我認知中的有點落差。我還得找幾個老朋友問清楚。」

天芯揉了揉天烈僵硬的背，她知道自家哥哥現在心中的擔憂，因為她此刻的心情是一樣的——

「不過在那之前，我們先去一趟嫣花公會吧。」

◇參章 不期而遇

抵達花都後，天烈等人先是捎了封信給鐵拐報告近況，然後就直奔嫣花公會。

由於孿神祭典將近，公會上下為籌備忙碌不已。然而，見了故人，嫣花對三位客人沒有絲毫怠慢，甚至讓伊晴提早結束工作，讓她有時間跟生前的家人聚一聚。

伊晴穿越者的身分，在嫣花公會不是秘密。

由於嫣花公會素來厭惡各種鬥爭，成員受風氣影響，幾乎不會為難穿越者，多數人甚至在聽了伊晴的故事後，對她更加照顧。

「姊妹們人都很好。她們說，嫣花向來是對穿越者友善的公會，要我不用太拘謹。」伊晴一面編織著祭典用的花環，一面甜甜笑道，「抱歉，你們再等我一下。我還是想把今天該做的部分完成。」

「沒關係。是我們突然來打擾。」天烈回以一笑，觀察伊晴編花環的動作後，也隨手揀起堆在桌上的小花，一雙巧手流利的動了起來，「我來幫妳做一些吧，阿……伊晴小姐。」

聽到天烈突然改口，伊晴停下手邊的動作，不滿之情全寫在臉上。

「烈仔，你剛剛叫我什麼？」

暱稱什麼的，伊晴自然是跟著清馳叫。天烈看著眼前應該是自己阿嬤的年輕女子，心情頓時一陣微妙。

之前天烈能看著「黑狗」的青年臉孔叫阿公，是源自氣質上的熟悉感以及祖孫長年培養的默契。但他與伊晴之間並沒有這樣直覺性的強烈情感，比起「阿嬤」的身分，天烈對她印象更接近一位善良甜美的大姊姊。

「我記得嫣花大部分人都知道我們是她子孫，在這裡應該不用特別隱瞞稱呼。」天芯原本也撈起幾朵鮮花想幫把手，但當她不小心用力過猛把其中一枝花莖折斷後，便默默把倖存的其他花朵歸回原位，「哥哥該不會是怕把阿嬤叫老了，惹她不高興吧？」

「我怎麼會介意這種事？你是于帆的兒子、是我跟清馳的孫子！你叫我阿嬤我驕傲！」伊晴以不容置喙的口吻宣示。

「對嘛！阿嬤都這麼說了。要是被發現你在糾結這種奇怪的事情，阿公會笑你喔……」天芯講完後，原先樂呵呵的笑容瞬間僵在臉上。

看著天芯因為發覺自己口快而露出自責的神情，天烈趕緊笑了幾聲，安慰性的附和，「是啊。確實很像他會有的反應。」

如果他在這裡的話，一定會一邊揉亂我的頭髮，一邊笑罵我胡思亂想吧……想起過往相處的種種，天烈不禁露出一抹哀傷卻溫暖的笑。

是啊，記憶一個人就是這樣的感覺。即使回憶讓人心痛，還是會因為珍惜著那個人，而想一直把他留在心中。

所以無論如何，絕對不能——

「伊晴還在忙呀？不是說可以休息了嗎？」

沉重的氛圍被突如其來的柔美嗓音擾動。隨著輕快的腳步聲，幾個女孩湊了過來。

是最初搭救伊晴的劍士、弓箭手及法師。

「可是明天就要外出布置了。我不能跟妳們到祭壇附近，所以想趁今天多幫點忙。」見同伴前來關心，伊晴綻開笑顏，「而且多了幾個幫手！很快就會好的。」

「幫手其實只有一個啦……這裡有兩個不能用的打手。」天芯笑著說，「有什麼力氣活可以做嗎？我跟旁邊的肌肉猛男隨時等候差遣。」

『嗯，希望我也能幫得上忙。』始終默默站在一旁的狩，很高興天芯順道提及了他。

「大家剛剛已經合力把大型道具搬到會場了。謝謝你們有這份心。」

代表發言的嫣花劍士微笑望著天芯與狩。

「如果能的話，真想把伊晴也帶出去！會場布置很好玩的。」

「請問……她必須待在公會，是因為穿越者的身分嗎？」天烈發問的語氣十分小心。

「是的。因為我們擔心讓她到宗教性質濃厚的場所，會有什麼意外發生。」弓箭手哀嘆一聲，語氣無奈。

「妳們真的考慮得很周到耶！我想，被妳們庇護的穿越者們，一定都生活得很安全。」

天芯順著弓箭手的話甜聲讚嘆，卻換來嫣花眾愣住的表情。
「咦？我們沒提過嗎？伊晴是公會裡第一個，也是唯一一個穿越者喔。」劍士的話中流露出驚奇，「為什麼會覺得我們這兒有不只一個穿越者呢？」
「……。」天烈與天芯互相使了個眼色，狩察覺有異的心音隨後也傳了進來。
「原來是第一個嗎？有點驚訝呢。」天烈傻笑著搔了搔頭，坦白道，「因為看妳們接受得很自然，我們那時都以為，妳們之前就有遇過像她這樣的案例了……」
「嫣花公會也成立快一百年了，真的一個都沒碰過嗎？」
天烈天芯接連的問話讓嫣花眾一時啞口無言。
「是啊……我們當時竟然完全不覺得伊晴奇怪呢。明明是史無前例的第一人……」
看著嫣花成員紛紛開始思考這個問題，天芯趁勢追問，「所以妳們覺得，一般人在黃泉是有可能恢復記憶的嗎？」
「沒有特別想過……不過應該可以吧？伊晴不就是這樣嗎？」嫣花的弓箭手說完，自己又補充道，「不過，在碰到她之前我們似乎就這麼覺得了。因為遇上她時完全不覺得奇怪。」
……果然有問題。
看著嫣花眾的反應，三人心中都有了底。
『要跟她們解釋嗎？』天烈率先對兩位伙伴拋出心靈溝通。
『先不要，有些事我得另外問人。要是穿盟那邊情報有誤，誤導她們就不好了。』天芯平靜回絕。

「被你們這麼一問，突然覺得一切有點怪怪的。難道那個傳言是真的……？」

「或許有些事情一時半刻是想不通的……抱歉問了奇怪的問題。」天烈微微一笑，柔聲道歉。

「別這麼說。這事確實值得思考。」嫣花的劍士神情認真，「我會把這個疑點轉達給會長。如果之後還碰上跟穿越者有關的問題，或許找星芒公會諮詢更有幫助。」

星芒公會……？聽到這個熟悉的名稱，天烈跟狩都為之一振。

「星芒公會原來跟穿越者有淵源嗎？！」

如果真是這樣，還真是不可思議的緣分……天烈在心中驚嘆。

「星芒公會支持穿越者是眾所皆知的事啊！」法師甜甜道，「據星芒幾個資深勇者所說，他們的創始會員中就有穿越者。雖然外人根本沒見過那位高人，也不知道他們的說法是真是假。」

「星芒的會長直接挑明，歧視穿越者等於歧視星芒公會成立的過程，因此只要是對穿越者不友善的人，就算是高手，也通通被他們拒於門外。」弓箭手露出笑容，「也就黃泉首席公會敢這麼狂妄了。但我並不討厭這樣的風格。」

「而且，他們會長跟穿盟盟主走得很近，穿越者到那邊求助完全不必擔心。」

「原來他們……走得很近嗎？」聽聞這條小道消息，天芯臉上的笑容扭曲了一下。

「嗯。甚至比公會總聯盟的主席還親近喔！」劍士誠懇道，「雖然位階上，主席跟穿盟盟主比較近，但不知為何，穿盟盟主貌似跟我們主席有些過節……而且還是出於穿盟單方面的排斥。」

公會總聯盟，是由冒險團大小公會構成的聯合組織。而公會總聯盟的主席，相當於冒險團勢力最大的領導人物。論位階，確實與穿盟盟主並列三大勢力之首。

「儘管主席也很希望能跟穿盟保持友好，但對方似乎不怎麼領情……後來幾乎都由星芒代表交流了。主席也默許這件事情。」

「謝謝妳們告訴我們這些。之後遇上問題，或許真的會去星芒看看吧！」想起在星芒結交的朋友，與曾經許下回訪的承諾，天烈感到安心了一點點。

「結果我們聊著聊著就把花圈做完了！」伊晴把手邊最後一個花圈放下，伸了個懶腰。

「那我們就不打擾你們團聚，先告辭了。」

揮別嫣花的勇者後，伊晴朝公會的住宿區深深望了一眼。

「你們……想去看看他嗎？」

「嗯。有些話想跟他說。」天烈率先回應。

『我在這邊等著就好，不打擾你們。』

「我也在這邊待著。阿嬤妳帶哥哥去吧。」

「咦？你們真的不一起嗎？天芯妳……」天烈一臉訝異，原想繼續追問，卻被天芯一把往伊晴身邊推去。

「她想要什麼自然會跟我說，你先跟我來吧！」伊晴臨走前回眸看了天芯一眼，她眼中流露的理解與關愛，讓天芯感到一陣寬慰。

『天芯，妳真的不跟天烈去一趟？』

天烈與伊晴走遠後，狩還是對天芯的決定感到疑惑。他愣愣感知身旁嬌小的少女，只覺她的氣場比平時薄弱許多。

『看到他的話……我會忍不住撒嬌的。』

天芯沒把話說出口，只是低著頭，以心靈溝通道，『現在我必須更堅強才行。如果我表現出一絲軟弱，哥哥就可能身陷危險……他離開之後，只剩我能保護哥哥了。』

『雖然這麼說有點狂妄，但妳是不是忘了我也在你們身邊呢？』少女逞強的話語讓狩感到無奈，『妳不是孤軍奮戰，天芯。希望妳能相信，就算妳露出了破綻，還有我這道防線可以依靠。』

『只要你始終能跟現在一樣像張白紙，我就信得過你。』天芯側過頭，垂下的兩束馬尾半遮她略帶蒼白的笑。『那麼……這道防線，現在可以借我靠一下下嗎？』

看著天芯勉強揚起的嘴角，狩在心中輕嘆一聲，二話不說，便將少女單薄的身板攬入自己懷中。

◆◇

伊晴領著天烈來到自己住處門前，素白的房門緊閉，上頭掛了些乾燥花作為裝飾。

「我真的非常感激嫣花。即使是只收女性的公會，她們在知道我的情況後，還是願意讓我把他帶在身邊。」

「我想，能像現在這樣日日陪伴妳，也是他的願望吧。」

「烈仔，需要我陪你進去嗎？」

「沒關係。我今天不是為了感傷而來。」天烈綻開笑顏，柔聲說，「阿嬤……能的話，等一下可以多陪陪天芯嗎？那孩子在我面前總是特別好強，我很擔心她。」

「就是因為太在乎你，所以反而放不開。你們兩個的事，清馳大致跟我說過。」伊晴揉了揉天烈的髮絲，柔聲安慰，「放心吧，芯芯那邊我立刻過去。如果話說完了，想一個人靜一靜也沒關係。我會替你跟伙伴說一聲的。」

目送伊晴離去後，天烈輕輕推開房門，走進房間。

首先映入眼簾的，是那把許久不見的大刀。

刀身看起來受到了妥善的保養與照護，然而，這樣潔淨無損的形貌，對一把精良武器而言，代表的其實是主人殞落而無法出征的孤寂。

天烈癡癡凝視大刀一會兒，隨後順著暮光從窗邊灑進房內的軌跡，看見了躺在床上的馮清馳。

在黃泉的規則下，久臥的人不需要旁人照護也能一息尚存。由於當時清馳在被羅魍完全侵蝕前就將它逐出體外，所以儘管他已喪失意識，軀體卻沒有完全消失。

像是夏蟬褪下的空殼，毫無生命力。

「阿公。」天烈蹲坐在床前，牽起清馳冰冷的手。

儘管知道他聽不見了，卻還是想親自來到這裡，當著他的面、跟他說說話。

「你放心。我不會讓阿嬤忘記你的。我跟天芯也不會忘。」感受到掌心的溫度隱隱傳了過去，天烈忍不住來回搓揉，想讓那熟悉的大手更溫暖一些，「無論是在黃泉作為賞金獵人的你，還是生前作為我們至親的你……我都會牢牢記住，讓你在我心中活著。」

說著說著，天烈眼眶發酸，但還是沒有掉出淚來。

他將清馳的手放上自己的腦袋，仿著被摸頭的姿勢輕輕蹭了清馳的手幾下。

當頭上的大手最終還是無力的垂下，天烈只能苦笑著幫清馳微調一下姿勢，讓他看似躺得更舒服一些。

不行啊……怎麼到現在還想依賴他呢？明明來這邊是為了讓他放心的……

強忍悲傷的同時，天烈感到眉心附近繃緊了一霎，但原先預期該出現的東西沒有跑出來。

說起來，那孩子最近很少出現呢。沉寂到讓他幾乎忘了自己還可以長出第三顆眼睛。

每次在他心情大幅波動或身陷危機的時候，那顆有靈性的小眼睛總會自己蹦出來陪在他身邊。這次忽然縮回去，反而讓天烈覺得有點寂寞。

思緒剛走到這裡，天烈覺得眉心附近又由內而外被撞了幾下，似乎是第三顆眼睛感受到他的失落而有所動作，但始終沒有真的跑出來。

「不想出來也沒關係。知道你還在我就很開心了。」天烈輕輕往額頭揉了幾下，心裡頭暖洋洋的。

因為這個突如其來的小插曲，天烈覺得自己比較能從傷感中稍稍抽離。不過，果然還是想再獨處一陣子。

一邊這麼想著，他一邊找到嫣花公會住宿區的側門，並悄悄繞了出去。

夜晚的微風十分清新涼爽，加上花都帶著淡淡香氣的美麗街景，使人放鬆心神。

天烈起先只是在街上漫無目的的閒逛，但不知不覺中，竟走到了花都最大的孿神祭壇附近。

這裡美得非比尋常，儘管祭典讓建物添上不少俏皮可愛的裝飾，祭壇本身莊嚴宏偉的美感還是從中溢散出來。

撇開對穿越者不太友善的部分不談，孿神信仰其實對黃泉居民帶來許多益處。親身感受整個花都因祭典將近而散發出的熱情與活力，即使是身為穿越者、甚至曾差點被淨化儀式獻祭的天烈，也無法真正厭惡孿神信仰。

天烈起先還專注享受著祭壇散發出的靜謐氛圍，卻被一股突然闖進來的情緒流動擾亂心神。

他現在被共感影響心緒的狀況已經減輕許多，然而現在，突然流入心中的情緒實在太過強烈……那股帶著強大思念與執著的深沉愁緒，好像他也曾透過誰感受過。

阿狩……是你嗎？

直覺冒出的想法馬上被自己駁回。現在感應到的心緒跟狩那股來源不明的巨大傷痛有決定性的不同——愁緒的主人完全知道自己在憂愁些什麼，卻帶著一股突兀的迷惘。

天烈像著了魔一般，不假思索就往憂思的來源走去。

爬完階梯後，天烈望見祭壇中間，站著一名身穿長斗篷的男子背影。對方純白的長髮編成一束及腰的麻花辮，隨著夜風微微擺盪。

身高跟體型還真的跟阿狩有幾分神似……他裝上假頭的時候，大約就是這個高度。

天烈輕手輕腳的緩步上前，而對方似乎在他起步不久後就意識到他的到來，轉過身來面向他。

全臉面具啊……看著覆蓋在那人臉上雕工細緻的金屬面具，天烈更把那人的形貌與戴上假頭的狩做了微妙的連結。

但他立刻用力搖頭把念頭甩去。隨便把第一次見面的人當成另一個人，多麼失禮的想法！

「你來這邊做什麼？」

厚重的面具使人聲含糊變質，但天烈依然能從話中聽出那人的驚愕。

「呃，抱歉。我不知道這邊一般人能不能進來……只是看你好像很難過的樣子，所以……」

糟糕，接不下去了。對一個包得密不透風的人說這種理由實在太過牽強。

但至少得讓他知道自己沒有惡意吧……天烈抱著隨時可能被轟出去的心情，朝對方露出友善的笑容，但對方並沒有如預期中開口趕人，而是隔著面具長出一口氣。

「你感覺到我了，對吧？」

「……咦？！嗯。」

「抱歉。我一時沒收住情緒……」那人隔著面具又低低說了幾句話，但天烈並沒有聽清楚。

「看來你的共感能力，還是沒辦法收放自如。」

面具男一語中的的結論讓天烈警覺了一下，但立刻想起共感並非他一人獨有的特技，大概只是碰上能看出他技不如人的高手罷了。

「才剛開始適應，會再接再厲。」天烈禮貌回應，同時繼續消化來自面具男的複雜心緒，「比起這個……你真的還好嗎？」

「沒事。這些情緒一直跟著我，我早已習慣。」面具男環顧四周，語氣緩和了下來，「只是在這樣的夜晚登上祭壇，讓我有點觸景傷情。」

「不過現在完全好了。意外的驚喜讓我心情好轉。」面具男轉向天烈，穿過眼洞細細觀察他的樣貌，「今天是我第一次真正遇見你。」

「……？」

初次見面就初次見面，什麼叫真正遇見？天烈才開始揣摩面具男奇怪的說法，就立刻被不屬於自己的愉悅情緒攪亂思考。

「……這次你是故意的？」

「想讓你開心點。」

「就這樣擅自闖進來，未免太霸道了……」天烈忍不住輕聲抱怨，但其實也沒有真的生氣。

面具男雖然沒有回應，但天烈直覺他一定在面具後面偷偷笑了一下。

「你還是趕快回去跟伙伴會合吧。現在……不是我們應該相遇的時機。」

面具男沒頭沒腦的說了一句。

「遇上就遇上了吧！哪裡分什麼應該不應該？」天烈被面具男的邏輯搞得有點懵，「倒是初次見面就心靈相通確實有點微妙。抱歉，或許我應該體貼一點，裝作不知道讓你一個人沉澱的。」

「我不是那個意思……」面具男回得有些困窘，「我只是……不想這麼快就傷害你。」

「……？」

「我其實……一直不想真正認識你。因為我知道，那樣會讓我下不了手。」話到此處，面具男忽然雙手握拳，沉聲道，「我錯了。現在就該動手。在我像那個人一樣，真正對你投入感情之前——」

轉眼間，面具男身周炸出肉眼可見的黑色氣場，祭壇的溫度瞬間降了下來。

如此突然卻熟悉的事發前奏，讓天烈腦袋一片空白。

「等等！你到底是……」

來自面具男的黑色觸手迅速纏上天烈的四肢，使他一個重心不穩往前仆倒。趁此空隙，面具男又喚出一條較為粗壯的觸手，環上天烈纖細的腰，沒有讓他摔到地上。

不好，行動完全被牽制了……現在天烈整個人被面具男的觸手騰空舉起，無論怎麼掙扎，觸手只是越收越緊。

渾身被緊緊綑綁的壓迫感十分恐怖，天烈現在只能從喉間發出斷斷續續的細小呻吟，連大喊都做不到。

重點是，也不知是對方故意還是又沒收好心情，帶著自責的痛苦情緒不斷透過共感侵入他的心神，讓他根本無法專心使用心靈溝通求救！

隨著視線越來越模糊，天烈覺得自己幾乎要失去意識。

就在他即將感覺不到自己的那一刻，一聲清脆的稚子喊聲讓他恢復知覺。

『天烈！再撐一下……』

稚子嗓音似乎是從體內傳來，天烈感到自己的右手不受控的舉起，赤色的光芒沿著手臂冒出。

原先纏在右手的黑色觸手接觸了紅光便紛紛消散，在天烈還沒反應過來的時候，掌心撕裂的灼痛感讓他忍不住哀嚎一聲。隨即，強烈的赤色氣焰從天烈右掌心炸出，把他身上的觸手與隔了一段距離的面具男一起擊退到數尺之外。

掙脫束縛的天烈從空中摔了下來，方才的氣焰已經化為薄霧。

模糊之中，他瞥見面具男匆匆離去的身影。

那個男人到底是何方神聖……？明明看起來是人類，卻能喚出罹魍一般的觸手……

不過他沒有沉思太久，因為比起面具男，他更在意救了自己的聲音。於是，他舉起劇痛的右手，驚訝的發現，在手心開出的血洞中，他的第三隻小眼睛正泛著淚光。

「剛剛是你在跟我說話嗎……？」

說實在的，過度驚嚇已經讓天烈忽略疼痛。看著不斷溢出鮮血的傷口，他竟然開始擔心他的小眼睛泡在血水裡究竟安不安全？

『嗚嗚……對不起。手掌不是可以長出眼睛的地方，但我現在恢復得不夠好，在額頭發動攻擊的話，準頭跟衝擊力都不夠……』稚子的嗓音聽起來異常慌亂，話才說到一半，居然哭了起來，

『天啊，你流了好多血……一定很痛吧？』

「沒事的。你剛剛救了我一命，這點小傷不算什麼。」天烈望著不斷溢出血淚混合液的傷處，連忙安慰。

『可是……』

「先別管我的傷了……原來你會說話嗎？」聽著眼睛稚嫩的嗓音，天烈居然有股說不出的懷念，「我想多知道一點你的事情，你願意告訴我嗎？」

『你真的這麼想？』小眼睛終於收起淚水，眼神流露出意外欣喜，『那……現在請你閉上眼睛。我會讓你看見我真正的樣子。』

天烈照著小眼睛的話闔上雙眼，他索性躺在地上稍作休息，同時感覺小眼睛回到自己的額頭上，緩緩睜開。

現在眼前的畫面並非來自於自己的雙目，天烈透過小眼睛的視角確認四周安全無虞之後，視線所及便化成一望無際的五彩虛境。

『這裡是我的空間。雖然寄宿在你裡面，但天烈對我很好，不只沒有趕我走，還讓出一塊空間讓我安身。』

『原來是這樣嗎……？抱歉，我似乎不記得這件事了。』天烈在思慮清淨之後，直接對小眼睛用起心靈溝通。

『這是你下意識的決定，沒印象是正常的。天烈真的很溫柔，不管什麼亂七八糟的東西進來你裡面，你都會選擇接納他們。』稚嫩的嗓音停頓半晌，最後以愉悅的語氣說道，『所以，我就替你把礙事的傢伙通通清掉了！』

『清掉……？』

『是啊。不清掉的話，那堆垃圾只會害你越來越耗弱而已。』小眼睛理所當然的說，『其實，若你平時不使用治癒能力的話，身體是不會耗弱的。但即使你在人間沒有真正用過力量，你身體裡面的蠹蟲也會照三餐吸，所以你身體才會差成那樣。』

『等等！你的意思是，我之前被其他東西附身過？』

『是啊。畢竟你的體質本來就……啊。她應該沒有讓你知道那些。這樣也好。』小眼睛自顧自的喃喃，『不過大概連她都不知道你的身體裡有什麼東西。要是她知道了，絕對不會把它們留給我的。』

『你說的那個她，該不會是指……』

『嗯。就是你妹妹。』提及天芯，小眼睛連忙補充，『天烈你放心，我是經過她認證才進到你體內的乖孩子，絕對不可能傷害你的！』

『…………。』

聽了小眼睛的話，天烈只覺得無比胃抽。對於自家妹妹永遠揭不完的秘密他不想深究，最終只能無力的對小眼睛說，『被其他東西附身的事情，麻煩你不要跟我妹說。』

『好噠！』小眼睛的口吻再次歡脫起來，『反正天烈裡面現在只剩我，而我也不打算跟其他人分享。危害你的傢伙來一個我清一個，所以不會再發生那種事了。』

『……辛苦你了。』

『不會！多虧有它們當養分，加上在黃泉攝取你沒辦法吸收的食物能量，我才能像現在這樣跟你說話。』話到此處，小眼睛貌似有些惋惜，『不過因為還在靜養中，所以現在無法真正化形，只能讓你透過我的眼睛看見幻象。』

小眼睛說話同時，天烈在五彩的空間中看到一抹紅色的霧氣凝聚，隨著霧氣越來越密集，目測約莫十歲的男童身形在眼前逐漸清晰。

男童的頭髮是火焰般的紅色，緊閉的左眼上有一道深深的疤痕，看起來再也無法睜開，僅剩右眼的黑瞳靜靜躺在澄澈的眼白中。

他身上披著一件樣式簡陋的白袍，腳上甚至連雙鞋都沒有。

『我目前的實體只剩天烈平時看到的那顆眼睛。而現在你看到的型態，是我進到你身體之前，最後的樣子。』男童低頭望了望自己的模樣，笑得有些靦腆，『這個身體做什麼都比較方便呢！自從發現我可以吸收黃泉的食物之後，我就決定先在你身體裡面蓄積力量，希望有一天能夠恢復成原本的樣子。所以前陣子才會一直沒有跑出來……讓你覺得寂寞了真對不起。』

『別這麼說。是我打擾你休息了。』天烈望著眼前衣衫襤褸的瘦小男童，不禁心疼問，『你穿這麼少會不會覺得冷？有沒有什麼我能幫上忙的地方？』

『只要跟天烈一起，我就不會覺得冷啊！』男童笑得天真爛漫，『我的名字叫羅諾亞，是只屬於你的守護神。你曾經在我身陷絕望的時候救過我，而我為了報恩潛藏在你體內。不過那些事你不可能記得，所以現在你只要知道這些就夠了！』

『羅諾亞……？』天烈輕聲復述男童的名字幾次，直覺他的自介不太對勁，『羅諾亞、羅諾亞……』

『啊啊～好像作夢一樣。天烈一下子叫了我那麼多次……』

正當天烈絞盡腦汁回想自己與這名叫羅諾亞的孩子到底有何淵源時，突然感覺到身體受到劇烈搖晃，當意識與現實接上了軌，首先聽見的是天芯焦急的喊聲與狩急切的心靈溝通。

「哥哥！哥哥你醒醒！」

『天烈！聽到的話就應一聲——』

「天芯……阿狩……？」天烈迷迷糊糊的睜眼。他呆呆望著臉色鐵青跪坐在他身側的兩人，一時還沒從與羅諾亞的對話中轉換過來。

不過，他立刻注意到自己的血不知何時已經流了滿地，剛剛被觸手糾纏的地方此時已浮出青紫色的勒痕，加上隨意躺地板的模樣，大概把兩名同伴嚇壞了吧？

「哥哥，你身上那些勒痕是怎麼回事？你剛剛碰上羅魍了嗎？」

天芯抓著天烈衣襬的手同時握著拂塵，一副隨時準備大開殺戒的模樣。

「我也不清楚……但妳先別慌，我的傷沒有看上去那麼嚴……」

『太慢了！怎麼現在才來？』

羅諾亞不滿的叫聲打斷天烈，在三人之間傳開。

『……？誰在說話？』

相較於狩的警戒，天芯聽見那抹心音後反而放鬆下來。她靜靜望著天烈沉思了一陣子，最終蹙眉問，「祢現在能用心靈溝通了？」

儘管天芯一雙大眼正直勾勾盯著自己，天烈卻知道天芯並不是在跟他說話。果不其然，他感到額上一個開闔，羅諾亞便以眼睛的形貌浮了出來。

『我醞釀很久了好嗎！而且這次發功又耗掉不少能量……』

「這次是我太大意，的確該謝祢一次。」

看天芯與羅諾亞講起話來一副老相識的模樣，狩只覺得腦袋一片混亂，『等等，我有點糊塗……所以天烈額頭上的眼睛……到底是？』

「聽這孩子的說法，似乎是我的守護神呢。」天烈回答後，自己都覺得有些害臊，但羅諾亞似乎因為這個說法而心花怒放了一下。

「羅諾亞，祢都灌輸了我哥什麼奇怪的觀念？」

『這是事實！』羅諾亞回嗆，『我就是爽拋棄一切只當他的守護神！反正妳也管不了我。』

「不要拿祢的妄想混充事實啊！總有一天祢還是得回去祢的地盤負責任！」

聽了天芯的喊話，天烈趕緊追問，「他的說法果然怪怪的吧？所以這孩子的來歷是……？」

「哥，你還記得一年前生了場大病吧？」天芯憶起厭惡的往事，不禁癟起臉說，「那次跟現在的情形有點像。但你被抓去的地方不是黃泉，是一個我跟媽媽都沒料到的地方。」

「因為當時完全沒有準備，所以我找了你很久，也不知道你是怎麼跟羅諾亞認識的。我趕到的時候，你已經奄奄一息了，只知道這傢伙犧牲自己救了你一命，但同時因為耗盡氣力而住進你體內養傷。而你會忘了這段往事，大概是羅諾亞進駐時幹的好事。」

天芯解釋後意味深長的瞅了羅諾亞一眼，而後者被看得心虛，緩緩閉上眼睛。

「所以你會變成現在這樣，是為了救我嗎？」聽完天芯的陳述，天烈只覺得心臟狠狠揪了一下，他搓了搓第三眼旁邊的肌膚，難掩失落的問，「為什麼要讓我忘了這麼重要的事？」

『因為……我不想讓天烈背負那麼深的自責。畢竟，那時候我沒問過你，就擅自犧牲了。』羅諾亞的語氣柔和了下來，『結局是我自己的選擇，所以我走得很滿足。但我無法預期會留給你多少痛苦……與其這樣，還不如什麼都不要留下，我當時是這麼想的。』

「幸好，身體幫我記住了呢。」

『……？』

「我現在終於明白鐵先生說的話了。重要的事物被身體記憶起來，帶過來黃泉的感覺。」天烈闔上雙眼，細細感受心中湧現的千頭萬緒。他再次想起剛剛在幻象中看見的瘦小男童，思念與歉疚之情油然而生。

「原來這就是我的樣貌回到一年前的原因。羅諾亞曾經為我做過這麼大的犧牲……這份感激、這份自責與傷感，我說什麼也不想徹底忘記。」

『看來，天烈比我想得堅強許多。』聽著天烈溫柔的話語，羅諾亞細嫩的嗓音有些哽咽，『我知道了。等這邊的一切結束後，我會還給你的……屬於我們的那段回憶。』

聞言，天烈綻開笑顏，心想若能真的給小男孩一個安慰的擁抱該有多好。

待天烈與羅諾亞的交流告一段落，天芯嘆了口氣，重新把話題拉回正題，「唉，不過守護神的說法也不是完全沒道理。」

「羅諾亞的品階確實是神沒錯。不過，祂管轄的地方因為種種因素不復存在，所以現在才能自由自在纏著哥哥不放。」

『這樣不是正好嗎？有我在，就算對手是黃泉的神也擋得下來。』

「就憑現在的祢？省省吧。」

看來天芯就算知道人家的身分，也沒有恭敬半分的意思，但羅諾亞對天烈以外的人講話也總是用讓人敬畏不起來的屁孩語氣，雙方半斤八兩。

「羅諾亞，祢恢復得如何了？我有點急，能做些什麼幫祢嗎？」

『妳以為我不急嗎？晚點用治癒術給天烈療傷吧。雖說他身上的傷還是無法完全治好，但法力不會浪費，會被我吸收。』

「了解。不過我潛質不合，所以效果有限。」天芯應諾後，不死心的補問一句，「吶，羅諾亞……黃泉的『神』果然存在，對嗎？」

『對。但我認知中的那兩位，跟寫在傳說裡的不太一樣。不過，我們其實沒真正見過，只是對彼此的存在有所感覺罷了。』羅諾亞感嘆，『總之孿神祭典我們還是小心為妙。』

羅諾亞的說法讓天芯的憂慮又加深一層，她板著臉揉了揉太陽穴，忽然想起旁邊還有一隻正在消化龐大新資訊的狩。

「狩，我們有解答到你的疑問嗎？」

「別為難他了……小傢伙就在我身體裡，但連我也沒辦法完全理解你們在講什麼。」天烈笑著用他沒有被開洞的手拍了拍狩的肩頭。

『他是天芯託付的對象，又曾捨命救過天烈，那就是可以信任的朋友。』狩的定義倒是友善，但瞇起眼睛細細打量對方的羅諾亞可就不見得了。

『你叫狩，對吧？』羅諾亞眨著眼，慎重道，『目前確實得感謝你做了很多我做不到的事。不過，在認識真正的你之前，我還不敢保證。』

「…………？」

狩在對羅諾亞的話感到疑惑的當下，正好望見天烈踉蹌的爬起身來。看來天烈雖然嘴上說傷得不重，但大量失血與遍及全身的瘀傷還是讓他連站都不站穩。

狩隨之站起，一把將天烈往上提，喬好攙扶的姿勢後，他才回過神來，近身感受到來自羅諾亞的銳利目光。

『……算了。算了！反正目前我不會對你怎樣啦！但等我有一天得到真正的身體，一定會取代你的位置的！』

「祢根本只是在忌妒人家吧？」

天芯被這位幼稚的神明大人搞得白眼都要翻了三圈半，她一面加入攙扶的行列，一面對天烈說，「明天一早，我們就去星芒公會。」

「這麼快？是因為嫣花的建議嗎……」天烈疑惑。

「某種程度上算吧。但主要是因為有老朋友在那邊，本來就得過去一趟。」

「咦——？！」

◈伍章　星芒公會

隔天一早，天烈等人如期告別嫣花公會，往首都玄鳥城前進。

當三人順利抵達星芒公會主塔門口時，天烈依然處於被妹妹瞞天過海的震驚當中。

「妳也太能憋了吧？之前講到鐵拐的時候也是、提起星芒公會的時候也是。妳就這樣笑笑聽過去，完全沒說妳其實跟他們都有淵源……？」

「我又沒有刻意隱瞞。當時我只想好好當個聽眾嘛。」天芯理所當然的回答，「時機到了自然就會發現，你看你們現在不是都知道了嗎？」

「話是這麼說沒錯……唉。」天烈沒再多言，他怎會不明白自家妹妹的行事風格？

這孩子一向不主動談起自己的事，遇上困難也會想辦法一個人解決。作為哥哥，天烈還是希望天芯能更依賴他一些。偶爾撒嬌一下也好啊……他苦笑著想，或許是自己太沒用，天芯才會過得如此辛苦吧？

「哥哥，我們直接進去吧。」一抵達後，天芯以輕快的口吻說，「待會介紹幾位朋友給你們認識。不過他們最近應該很忙，不知會不會待在這裡……」

說著，她三步併作兩步上前，一把推開了公會主塔的大門。

星芒公會的大廳十分寬廣，一進門就清楚看見左右兩側通往二樓小陽臺的旋轉樓梯。廳堂中央有一大片以黑色石板為基底的空曠區域，上頭以金漆畫上工整的六芒星，與掛在大廳樑柱上的旗幟相互呼應。

大廳聚集了不少人，天芯左顧右盼了一會兒，忍不住搔頭喃喃，「嘖……規模是不是又變大啦？不過算了。」

「各位好！請問雷奧哈德在嗎？」天芯突然對著人群大喊，把身後的天烈與狩嚇了一大跳。而她講出人名的那一刻，公會大廳瞬間安靜了下來。

在場的人面面相覷，不少人神情驚慌，紛紛朝靠近大廳中央的某一群人看去，而那群人在短暫討論後，推派出其中一人代表發言，「不好意思，我們不是很了解上面的情況。只知道會長今天回來過，但不知他是否又離開了……不然我幫妳問問，請問妳哪裡找？」

會、會長……？

知道天芯要拜訪的對象後，天烈和狩怔怔看向天芯。

只見她露出些許落寞的神情，小聲感嘆，「也是啦，現在已經是大公會了……」

但失落僅只一霎，面對彼方略顯緊張的疑惑神情，天芯馬上恢復甜美笑容，柔聲說，「我是你們會長的朋友，突然有點事想找他聊聊。請問你有紙筆嗎？我留個名字——」

「不必。想見會長，過我這關就行！」

宏亮的女音從二樓小陽臺傳來，眾人還來不及反應，就見一名扛著巨斧的女力士從陽臺一躍而下。

「小朋友，在我數到一之前閃人！三——」聽見女力士的吆喝，原先悠閒的人們突然之間陷入騷動，退到四周桌椅區後紛紛興奮的私語，緊盯中間的空曠區域。

「二——」

『狩，接好哥哥。』

天芯抽出腰間的拂塵大力一揮，天烈與狩馬上被急遽撐開的防護罩彈飛到一旁的桌椅區，幸虧狩因天芯的話而有所準備，在被彈開的瞬間先行一個後翻落地，穩穩接住迎面而來的天烈。

「現在是什麼情況……？！」

天烈瞪著場中一觸即發的對峙局面，驚魂未定。

『不知道。但你別擔心。』狩把天烈放下後，平靜的說，「我從那個女人身上，感覺不出絲毫敵意……」

◆◇

大廳中央，天芯確認兩位夥伴安然之後，又把專注力全放到女力士身上。

「終於清完場了。」女力士露齒一笑，朗聲喊道，「一！」

倒數完畢，空曠區域地上的六芒星立刻亮了起來，黑色石板四周以六芒星為中心，長出一層金光閃閃的半透明屏障，徹底把場內的兩人與外界隔絕。

沒等屏障穩定下來，女力士便提起巨斧高速轉圈，有如威力強大的龍捲風，飛速朝天芯捲去。

此時，天芯用來彈飛伙伴的防護罩已經逐漸消散，她闔上雙眼，專心捕捉女力士製造出的風息，巨斧鋒口接近的剎那，她以堅硬的拂塵柄格檔，同時炸出一張保護符，打亂對方轉圈的節奏。

鏗——！

清脆的金屬碰撞聲迴盪整個大廳，女力士在失去平衡前收住了攻擊，巨斧隨著轉身緩衝的弧度在地上磨擦，激起零星的火花。而天芯抓住女力士緩衝的空檔，朝斧頭與地板的接觸面射出數張爆裂咒，轉眼間，女力士所站之處立刻被爆炸產生的激光與濃煙填滿。

待煙霧散去，天芯已經繞到女力士的後方，揮動拂塵的同時，啟唇唸出麻痺術的咒語，但女力士只是咧嘴一笑，抓緊天芯念咒的短暫空檔，不慌不忙的提著斧頭躍出攻擊範圍。

天芯沒有把咒語唸完，轉而露出一抹淺笑。

女力士的雙腳落在地上一張近乎透明的薄紙上，薄紙消融，地上便亮起數個小小的法陣，金光炸出後，法陣消失，屏障中只剩漫天櫻色光點，如優雅飄落的花瓣，灑落在兩位女孩之間。

「……麻痺術只是幌子？」

「不全然。逃不過會被我麻痺，逃掉了會中埋伏，不過我相信妳逃得掉，所以埋了比較可愛的術。」

「啊——真不甘心！又被妳的小心機誆了一次……」

「純比力氣我可打不贏妳啊大姊。」

場中兩人相視而笑。

「芯芯！」

「巴奈。」

隨著兩位女孩相擁，空曠區域的屏障也緩緩消失。一旁的觀眾終於從觀戰的震撼中甦醒，紛紛給予掌聲。

「妳也失蹤太久了吧！」

「不是去年才回來過嗎？」

「妳那邊的一年不算啦！我看這裡過了至少……啊。」巴奈眨眨眼，悄聲說，「剩下的上去聊吧。這裡人太多了。」

「交給妳了，現在這兒的事我還真的完全插不上手……」天芯聳肩，走到桌椅區把一愣一愣的天烈與狩拉了過來，「我們三個是一起的，謝啦。」

「沒問題，直接殺到雷奧的辦公室吧！不知道他回去了沒……」

「喂，這樣真的可以嗎？」天芯環顧周圍一張張驚恐的臉龐，心中懷疑。

「噢。我忘了。」聞言，巴奈恍然大悟的搔著腦袋，朝天芯爽朗一笑後，扛起巨斧高聲喊道，「小朋友，剛剛你們聽見了什麼嗎？」

「什麼都沒聽見！巴奈小姐！」

整齊劃一的喊聲從四面八方傳來。

「覺得哪裡奇怪都是你們的錯覺，對吧？」

「全是我們的錯覺！巴奈小姐！」

「處理完了～我們走吧！」巴奈挽起天芯的手，愉悅朝旋轉樓梯走去。

「……我不是指這個。見會長難道不用報備嗎？你們現在是大公會了，我想照正當程序來。」天芯無奈的小聲抱怨，「我原本還想低調行事的……」

「不用！見朋友哪那麼麻煩？」巴奈擺擺手，漫不經心的說，「星芒的規矩是不少，但沒這麼不近人情。」

「而且妳想低調也來不及啦！妳看。」巴奈領著三人抵達會長辦公室門口，指著鄰近的一面石牆，露出毫無心機的笑容。

「……這什麼鬼東西？為什麼上面會有我的名字？」

天芯渾身僵硬的盯著牆面，嘴角抽搐。

「特級勇者紀念牆，星芒創會百年時打造的。」巴奈瞥了天芯一眼，挑眉說，「原本還想把妳挖過來參加慶典呢！沒想到妳消失得這麼徹底……」

「那不是重點！為什麼我會被列在上面？」天芯難得看起來有點崩潰。

「妳是創始會員之一耶！開荒者直接成為特級，妳忘了我們的會規嗎？」

「從來沒人給我看過什麼會規——不，該說，我根本沒說過要加入公會……」

「妳自己去跟雷奧吵。我不想參戰。」巴奈將雙手舉在胸前，故作投降貌，「還有，我看妳兩個小伙伴已經呆若木雞了。乾脆直接破門而入，攻佔雷奧的沙發怎麼樣？」

「妳到底想破門幾次才甘心呢？巴奈……」

迎面而來的，是一名身材高大的男子。他五官深邃，淺金色的短髮梳得整齊，讓那雙明媚的藍綠色眼瞳完全顯露出來。

「嘿！正想找你呢雷奧，看看誰來啦？」

巴奈一把將天芯推到雷奧哈德跟前，嬌小的天芯在仰頭與對方四目相交後，笑著朝他揮了揮手。

「天芯……！好久不見。」雷奧哈德難掩驚訝，眉宇間流露出喜悅，「都請進吧，我們到裡面慢慢聊。」

◆◇

「哥哥、狩，跟你們介紹，這兩位是星芒公會的會長與首席力士，也是我的架友，雷奧哈德和巴奈。」進入會長辦公室後，天芯站在兩組人中間，來回介紹，「雷奧、巴奈，跟你們介紹我哥哥馮天烈，以及目前一起旅行的伙伴，狩。」

「原來你就是傳說中的哥哥大人啊！」巴奈仔細端詳著天烈，打趣道，「好可愛喔，看起來一折就斷的樣子。」

「以後不准妳碰我哥！」天芯聽了巴奈的話，連忙張臂護住天烈。

「不會啦，我對妳哥旁邊的肌肉男比較有興趣。」巴奈笑著說，「你叫狩對吧？等會兒要不要來打一場？」

「跟人對戰是她的興趣，你可以放心跟她打沒關係。」

看狩似乎一時無法理解巴奈的邀約，天芯湊上去小聲補充。

狩會意過來後，馬上朝巴奈行了個禮。

「喔？這是答應的意思嗎？」

『是。』狩以心靈溝通答道，『很高興能與妳切磋。』

「哈哈對耶，可以用心靈溝通。這樣方便多了！」

「不好意思，有件事我有點在意……」

天烈經過短暫思考後，還是決定說出心中的疑問，「您們似乎在天芯介紹前就知道我了？而且還知道她……」

「每個人都有年幼無知的時期。」天芯一副往事不堪回首的模樣，「剛認識他們時年紀太小，覺得新朋友很可靠就把秘密都抖出來……」

「妳那時還不太會分辨什麼能講什麼不能講吧？」雷奧哈德面露寵溺，「好懷念，當年妳真的還只是個小娃娃。」

「是啊。我老了，但你們都沒變。」

「妳現在說自己老還嫌太早。」雷奧哈德笑著輕彈天芯的額頭，想到天芯每次來訪時的轉變，不禁感嘆，「可怕的其實是我們……要不是因為妳，我都快忘記人類原先是會成長的了。」

「……冒昧請問一下，初識的時候，天芯看起來大概幾歲？」

聽了剛才的對話，天烈突然意識到某件事，語氣變得有些冰冷。

「初次見面嗎？我想想，目測大概六、七歲左右……天烈，你還好嗎？」

感受到天烈身上瞬間爆出的寒氣，雷奧哈德問得很小心。

天烈先是朝雷奧哈德溫和一笑，隨即以狠戾的視線逼視天芯。

而天芯見自家哥哥「立刻給我個解釋」的肅殺神情，只好摸摸鼻子，慢悠悠的說了幾個關鍵詞，「一個人到阿公家過夜時、假日的睡眠時間、寒暑假的冬令營跟夏令營。」

「……………………………。」

「還有其他零碎的時間，但一時要我講，我也整理不出來。」

「……所以我跟爸就這樣被妳瞞了快十年？」

「呃，事實上，冬令營跟夏令營是用來讓你安心的。那種付費活動怎麼可能瞞得過爸爸？」天芯心虛的眨眨眼，小聲補充，「不過他不知道詳情。我只跟他說這是媽媽的安排，阿公也知道這件事，然後他就放我去飛了。」

「……………。」

「哥哥你別難過！除了把特訓拗成營隊真的有點牽強，其他部分我都有跟你說實話喔！」天芯不忍看自家哥哥一臉受傷，連忙牽起他的手安慰，「我每年都很認真跟你分享心得，在原野中打滾、在森林裡奔馳、跟可愛動物玩耍……這些全都是真的！」

如果群架算是打滾、逃命算是奔馳，蜘蛛、巨蟒或罹魍的宿主們算是可愛動物的話，天芯確實沒在說謊。

「一直以來覺得妳熱愛自然，每年參加野外體驗營不帶 3C 產品、不聯絡、不拍照的我，果然太傻太天真了嗎？」

「不，你沒想錯！差不多就是那種東西，只是地點在異世界而已……」

天烈顯然不相信天芯的說法，但他沒有再追究，只是把妹妹的腦袋壓到胸前，輕揉著說，「過去的事就算了，但之後別再瞞著我冒險了……我不知已經央求過妳多少次，妳什麼時候才能稍微聽進一點點呢？」

「現在無論如何都會跟你一起行動的。」天芯倚著哥哥單薄的胸口，心中突然漾起一絲酸澀，「對不起。」

「不過，既然妳哥哥現在已經在這裡，就代表妳一直以來擔心的事發生了吧？」

不知何時，雷奧哈德已經神色肅然的坐到辦公椅上，以深邃的眼眸凝望天芯。

「說吧，有什麼我們能幫上忙的地方？」

◆◇

天芯與老友相互對視，最終笑著嘆了口氣。

就算當了黃泉第一大公會的領導者，雷奧哈德熱心仗義的性子還是沒變。天芯對此欣慰，但現在畢竟與從前不同了。

「我可沒要你幫忙。總不能讓你拉著星芒一起淌渾水。」斷然拒絕後，她立刻轉移話題，「話說，最近要變神祭了吧？我對祭典的事有點好奇……」

「喔？所以妳是打算裝成單純的好奇寶寶，把話題帶往主祭儀式的疑點上嗎？」雷奧哈德粲然一笑，完全沒有跟天芯周旋的打算，「唉，以妳小巧的幼童體型跟欺騙世人的可愛臉蛋，確實可能騙倒一些人。但現在妳面前的，可是隻看著妳成長的老狐狸喔？」

「嘖，平時你應該只能猜出我在故意轉移話題，這次居然連我真正想問什麼都知道……」天芯眯起雙眼，語帶不甘的問，「果然事先跟穿盟交換情報了吧？聽說你跟那邊的盟主大人走得挺近啊？」

「原來外頭還有那樣的傳聞嗎？」雷奧哈德一副明知故問的死樣子，「那妳覺得，跟他聊天時會順便聽到有關妳的八卦，算是走得近嗎？」

「這個嘛……得看你怎麼回答了。」天芯雙手抱胸輕輕挑眉，儘管坐在他面前的是在黃泉備受景仰的公會長，她的任性程度還是一如既往，「對你來說，我跟他哪個比較重要？」

「自然是妳。」雷奧哈德答得不假思索，「放心，我沒有透漏關於妳的任何事情。要是你們又吵架了，我肯定站在妳這邊。」

「我才沒有跟他吵架，只是送了比較粗暴的餞別禮物而已……」天芯鼓著雙頰嘟囔，「看來你目前還沒完全信任他，出於利害一致的合作比較多吧？是因為他對你直屬上司的態度很差嗎？」

「聰明。不愧是我們開荒團的小智囊。」

「當年放任一個兒童當智囊的你們全部都該檢討好嗎……」天芯沒好氣的笑罵，「你護短的毛病還是沒變。小心別吃悶虧啊。」

「妳想太多的毛病也是沒變。眼前夠棘手了，偶爾只想想自己吧。」望著相視而笑的天芯與雷奧哈德，巴奈一蹦一跳湊到天烈與狩身旁笑道，「怎麼樣？聽這兩個人講話很煩吧。」

雖然嘴上揶揄，但她的表情卻充滿懷念，看來是真的很想念闊別已久的天芯。

「看她交了替她著想的好朋友，我很高興。」天烈朝巴奈揚起感激的笑，而後把視線放回天芯身上，「我錯過的部分，都是你們陪著她成長吧？真不知道該怎麼謝謝你們……」

「這位哥哥，看起來有點滄桑喔？」巴奈綻開笑顏，「看來你還沒有意識到自己在那孩子心中的份量。對她來說，你並沒有錯過任何過程。」

聽了巴奈的話，天烈回以無奈一笑。

在來到黃泉之前，他一直自認跟妹妹的關係比一般兄妹還親近。畢竟家裡沒有母親，作為兄長的他想連著媽媽的份一起照顧，因此總是對天芯的一切特別上心。就算妹妹從小就很獨立又很有主見，他還是鍥而不捨的多加關照，然而現在，天烈卻不斷發現自己跟天芯之間存在新的斷層。她到底還有多少不想讓他知道的事？甚至連這樣的話都無法問出口……

不過天烈知道，現在不是他能消沉的時候。因為天芯與公會長已經切入正題，不想繼續被拋在後頭的話，只能自己加把勁了！

「是什麼讓妳突然對孿神祭的主祭儀式起了興趣呢？」雷奧哈德問得意味深長，「我要聽真正的理由。」

「因為我們得知……主祭儀式可能同時是洗去黃泉人民生前記憶的手段。有個重要的人在不久前成為了後天穿越者，我們不想讓她忘記生前的事。還有另一點……」

十分罕見的，天芯在狩跟天烈以外的人面前露出近似求助的表情。

她深吸一口氣，講出連天烈跟狩也是第一次聽到的觀點，「我覺得在背後操縱主祭儀式的勢力，很可能是把哥哥抓來這邊的元凶。所以想盡可能知道多一點情報，甚至介入其中……」

「妳是指王城？」

「不確定。不過，黃泉一直是政教合一對吧？在權力逐漸轉移的現在，王權為什麼可以始終位居頂端？不就是因為在孿神教義中，黃泉的王者是被孿神賦予權柄的唯一一人嗎？」

「是這樣沒錯。雖然那位大人現在不怎麼干政，但只要他出面，對黃泉的影響力確實等同神權。」雷奧哈德闔眼，輕聲道，「不好對付的敵人呢。」

「所以別攪進來。你願意幫把手從側面告訴我情報就很感謝了。」

「再說吧！其實某種程度上，我們已經算是站在同一陣線了。生前記憶的事，三大勢力已經商議了一段時日。」

儘管知道天芯的預設敵人十分龐大，雷奧哈德卻沒有立即切割的意思，反倒將話題帶回天芯所關注的，主祭儀式的疑點上，「一般人對穿越者的認知只限於先天穿越者，而他們身為穿越者的理由，始終沒有明講。」

「其實，人們畏懼穿越者的理由，並非只因為宗教。」巴奈這時有感而發，「對有些人來說，保有生前記憶的人是一種威脅，因為他們熟知的是不同於黃泉的人間體制。不少人會擔心，若穿越者群體公開受到認可，會不會取代目前的優勢群體，成為黃泉的大多數……」

「他們多慮了吧？穿越者只求被平等對待而已，並沒有那種改朝換代的野望啊……」聽了巴奈的說法，天烈忍不住為穿越者們叫屈。

「哈哈！我也這麼覺得。老實說，我是跟人吵過架才知道這些。」巴奈豪爽道，「雖然不認同，但彼此理解才能真正解決問題對吧？」

「不過，若讓這些人知道其實有『後天穿越者』的存在，應該會更加恐慌吧？」意識到某個癥結點後，天芯萌生出新的困擾，「聽巴奈這麼說我才想到……利用孿神祭洗去生前記憶這事，其實是雙面刃。」

「說得不錯。」雷奧哈德附和後，朝天芯無辜一笑，「我接下來說的話是純粹站在領導者的立場，希望妳不要太鄙視我。」

「要鄙視早在你把公會搞到黃泉首席時就鄙視了。說吧，領導者！」

「先天穿越者大概是基於不可抗力因素，無法拔除記憶的一群人。不然，基於方便管理，誰不想把人民通通洗腦成目前體制的擁護者呢？」雷奧哈德此刻的眼神冷漠而銳利，似乎完全進入情境當中，「先天穿越者在黃泉不可控，會源源不絕的出現，無法趕盡殺絕。一個聰明的領導人，雖然會用手段壓制穿越者勢力，但過度激化對立也不好。」

「一邊以宗教與煽動人心不安作為打壓手段，一邊洗腦將『後天穿越者』的意識從一般人心中抹除。因為，正如天芯所想，若激進份子意識到後天穿越者的存在，可能會因恐懼而做出擾亂黃泉安定的事情來。」

「所以定期洗腦也算是對穿越者的保護就對了……」

雷奧哈德點頭同意天烈的結論，微笑補充，「而且也因這層作用，穿越者就算有顛覆的想法，也不敢輕舉妄動。」

釐清其中的利害後，天芯若有所思的頷首，並以肅然的目光迎向雷奧哈德。

「所以雷奧，你的立場是……？」

雖說若介入儀式是她營救哥哥的必經過程，她已經做好背負罪過的覺悟，但能的話，她還是希望在不對黃泉造成太多傷害的情況下達成目的。

畢竟，這個地方已經與她有太多羈絆，不是說放下就能放下的。

「動手。而且以目前的情勢，今年行動為佳。」

雷奧哈德的答案沒有絲毫猶豫。但從他謹慎的神態來看，這並非意氣用事，而是經過詳細籌備之後，陳述出的最終決定。

「穿盟也這麼想？」

「如果是指怕穿越者處境更糟……他們反而比我們看得開。」提及此事，雷奧哈德恢復溫和的笑顏，轉述道，「維持現狀無法改善任何事。要革命就要有犧牲的覺悟，況且更糟的情況他們也不是沒經歷過……這是穿盟盟主的說法，你們感受一下。」

更糟的情況嗎……這個說法聽在知曉先天穿越者秘密的天烈耳裡，覺得盟主是話中有話。

畢竟，「自殺者」生前經歷的痛苦也許不亞於在黃泉受到的歧視。他曾聽過一種論點：對自殺者來說，自我了結也許是痛苦的結束而非生命的結束。或許，有一部份的人在生前遭遇比一般大眾更多的不幸，並選擇提早結束生命換來解脫。然而，他們現在不但決定主動突破，甚至願意賭上可能會變得更糟的風險而行動……這是不是代表他們早就跟痛苦和平共存，甚至比一般人更加堅強了呢？

「至於公會聯盟這邊，大部分也傾向推翻儀式。」提及自己的領域，雷奧哈德散發出讓人無法質疑的自信，「以星芒為首的支持派認為，加深一般群眾對穿越者的認識，有助於從根本讓不同族群和平共處。而這個主張也獲得多數公會的支持，當然，主席也偏向我方。」

「連一向與世無爭的嫣花，這次也積極表態呢！」巴奈信心滿滿道，「與嫣花共治花都的翠柳公會也站在同一陣線。只要黃泉兩大都市的主要公會都站穩立場，基本上就不用怕啦！」

「以多數決的觀點來看，確實挺樂觀。但這種極度需要團結的革命活動，不能出任何差錯吧？」天芯顯然不若她兩個好友從容，看她深思的模樣，雷奧哈德不禁激賞。

只說出光明面果然不足以讓天芯放心。的確，這樣的計畫必須排除任何可能背叛的因素才可能成功。單以多數決的結果是無法成立的。

「不是每個公會都會吃族群和平這套。但這些分歧不影響我們想要顛覆儀式的共同目標。」話到此處，雷奧哈德的嘴角勾起略帶狡詐的弧度，「你們想想，突然知道自己的認知可能每年都會被竄改一次是什麼樣的感覺？洗腦的人除了幫我們洗掉生前記憶跟穿越者相關的資訊，會不會也偷偷洗掉一些其他事情？只要洗腦行動一直存在，我們永遠都會被矇在鼓底。」

「未知往往是人們害怕的泉源。別人知道了自己不知道的事情、別人在你不知道的時候控制你的思想……這樣的恐懼，有些傻瓜一開始感受不到的話，靠我們挑撥，就足以成為他們的夢魘了。」

有共同理念就加以串聯，理念不同就製造共同敵人構成合作……眼前這個讓自家公會爬上黃泉頂點的男人，讓天烈等人不約而同萌生敬畏。

「你上司還真的放你這樣興風作浪？難道不怕哪天位置被你給竄了嗎？」雖然心中讚服，但天芯嘴上還是忍不住要虧老朋友幾句。

「這倒不用擔心。而且那個人……就是一頭栽進冒險團公會的熱血笨蛋。」雷奧哈德爽朗表示，「他所摯愛的並不是權力，而是『冒險團公會』這套體制本身……雖然不知道是什麼讓他這麼執著，但看他的傻勁，就會想在他手下支持他。」

「主席是個有趣的傢伙吶！不過之前妳來的時間太不固定，無法安排你們認識。」巴奈略帶惋惜的對天芯說。

「有緣自然會相見的。比起這個……我對主祭儀式還有另一個疑問。」看來比起大人物，天芯對儀式本身更有興趣，「印象中，那不是只有少數人能參加嗎？這樣怎麼影響黃泉全境呢？」

「法陣。」

雷奧哈德不由得端正坐姿。談及重點，他一點細節也不打算遺漏，「孿神祭的主祭儀式自古以來都是由三十個人共同完成，其中的重頭戲，是儀式中的祈福法陣。那是由三個大型法陣所組合而成的複合陣型，一個大型法陣需要十人合力完成。」

「官方說法是，這套複合法陣主要用來祭祀遍布黃泉的闇神使者。雖然羅魍還是時不時的襲擊萬物，但每年一次的安撫能讓它們不致太過失控。在如此複雜龐大的法陣中，藏有秘密的可能性非常高，況且，除了這東西的法力，我們也想不到其他方法可以影響整個黃泉了。」

「我曾經讀過文獻，說在三大勢力確立之前，主祭三十人就自成一套篩選體制了。」對黃泉做過不少功課的天芯一下就進入狀況，算計過目前的局勢後，她心中立刻冒出了刺激的點子，「據我所知，當代的三十人以推派各勢力代表為主。十人給冒險團公會、十人給賞金獵人，穿盟慣例不參加儀式……所以，剩下十人還是依古法篩選，對吧？」

「怎麼，想進去搗蛋嗎？」深諳天芯脾性的雷奧哈德早就猜出大半，只見他用一副打算縱容到底的慈祥笑臉回道，「好啊！星芒可以投資你們。三個人都要上場吧？再給你們兩個人，正好湊一隊。」

「噢。差點忘了因為冒險團公會的淫威，這個活動變得有點奇怪……」天芯沉吟一聲，扶額道，「你還是從頭解釋一遍吧。我疏離太久，怕有什麼環節搞錯了。」

「還是我來說吧！免得那麼好玩的活動被你們倆一講，就變得像是心機角力戰一樣……」終於找到機會插上話的巴奈，一開口就抱怨起兩位工於心計的老朋友。

「想要擠進最後十人的名額，就必須參加由王城主辦的百人生存戰。不過，三大勢力確立後，王城就變成只是掛名，把執行面下放給我們。」

「讓我猜猜，穿盟對祭典的事向來避之唯恐不及，所以只會管參加者中有沒有穿越者被欺負；愛好自由的賞金獵人只爽參加不管行政……所以這個活動基本上就任你們冒險團公會惡搞了，對吧？」

「才沒有惡搞呢！只是加入了團隊元素，微調一下規則而已。」

雷奧哈德可憐巴巴的眨了眨眼，但立刻換來天芯鄙夷的目光。見對方不想領情，他只好對一旁的巴奈說，「我還是暫時閉嘴好了。」

「其實雷奧說得沒錯啦……古法的規矩是，讓一百人在選定的場域內玩生存遊戲，留下來的最後三十個人入選主祭儀式。但現在的規則改成，以五人團隊為單位，由最後留下的兩支隊伍入選。只要隊伍的其中一個人在場內撐到最後就可以，所以如果想打個人戰，還是可以找五個沒什麼默契的人組隊，單打獨鬥殺到最後的。」

「以前的規則偏個人菁英主義，如果特定強者每年參戰，除非有新的高手出現，不然名單很難流動。但加入團隊元素就不同了，就算個人資質比高手平庸，還是可能靠著合作贏得比賽。結果變得難以預料，比賽不就更有趣了嗎？」

「這麼說有道理。不過五人團隊什麼的……怎麼聽都還是你們主場？」

面對天芯的質疑，巴奈從容答道，「就是因為這樣，才特別限制冒險團公會的參賽資格啊！原則上，沒在二十人代表名單中的所有人都可以參加生存戰，除了冒險團公會的成員有特殊規定：中級以上勇者不得參加競賽。初級勇者一般沒什麼實戰經驗，放出去其實跟其他參賽者差不了多少。」

「啊，這麼說來……天芯的資格是不是會有點麻煩？」

天烈話才出口，就看見自家妹妹炸出猙獰的表情，「對了……還沒找你算帳呢雷奧！為什麼擅自把我加進公會？還有那面特級勇者牆是怎麼回事？」

……該來的果然還是會來。雷奧哈德在心中嘆息，但臉上還是保持穩重的笑容，「妳是星芒公會草創時期不可或缺的角色，當初很多創會所需的資源都是我們共同努力得來的，難道妳忘了？」

「那是……剛好可以當成我的特訓內容啊。當初也沒有說要成為星芒的一員——」

「妳沒有主動說不，那就是默認了。」此時，雷奧哈德散發濃濃會長威嚴，無論表情還是語氣都不容置喙，「從妳跟我們結為隊友的那一刻，就是我星芒公會的人了。」

「好啊，居然跟我擺會長架子。」天芯不死心繼續頂嘴，「就算開荒的那群都這樣想好了……加一個不屬於這個世界的人進公會還提成高層，你是想被打槍到死嗎？」

「別擔心。妳的身分問題，我已經有辦法了。」雷奧哈德保持自信微笑，甚至還囂張的伸了個懶腰，「事情就這麼定了！巴奈，麻煩妳帶他們三個去空房休息一下。我事情處理完會再通知你們的。」

「了解～都跟我來吧！」巴奈活力充沛的朝雷奧哈德行了個舉手禮，然後以她有力的雙臂一次圈住三個人。

「你們還真的要搭進來？其實我可以自己出去組隊的。」天芯一面小聲跟巴奈說話，一面頻頻回頭看向立即埋首公文的雷奧哈德。

「妳啊，就是在不必要的地方太客氣。反正公會投資隊伍參戰，佔個版面順道拉攏人才本來就很常見，只是星芒不常這麼做而已。偶爾投資個厲害隊伍出去嚇嚇人，挺好玩的不是嘛！」

「拉攏什麼的根本不需要……我不想加入星芒純粹是因為自己對抗的東西太複雜。但如果你們需要我出力，我還是會幫忙啊！」

「又講這種自以為是的話了。憑什麼覺得妳能幫我們，我們卻幫不了妳啊？」巴奈笑著搖搖頭，親暱的捏了捏天芯的嫩臉，「雷奧一定也知道妳的心思，才敢這麼任意妄為。而且星芒想收的可不只妳！我們其實留意天烈跟狩好一陣子了。」

「咦？怎麼會……？」

突然被提起的兩人一時不知所措。

「公會雖然大，但高層還是有在關心基層狀況的。」巴奈朝兩位男士送出一枚秋波，俏皮笑道，「謝謝你們之前救了我們家初級勇者。就當作是報恩，這次請你們安心接受星芒公會的幫助吧！」

◆◇

趁著休息的空檔，天芯又捎了一封信給鐵拐。

目前大部分高層幾乎都不在公會本部，據天芯所說，她比較熟悉的幾個人中，只有雷奧哈德跟巴奈剛好留守。

稍早跟巴奈在大廳打了一架的天芯，自然不好再出去引起騷動，所以巴奈在晚餐時間貼心的把食物送進給三人休息的客房裡，順便通知他們飯後到星芒的會客室一趟。

「雷奧興致很高昂呢！聽說抓了兩個關注中的初級勇者過來。」巴奈一副看好戲的興奮表情，「這傢伙對待人才簡直是魔鬼！越喜歡的孩子就越要虐，虐完又大方給糖吃，你們說這種人可怕不可怕？」

想當年天芯還是小娃娃的時候很快就自報家門，因此星芒的開荒團都知道，即使在這個凍齡的世界中，小女孩是「活人」，而且外觀年齡跟人間是同步的。

要不是領頭的傢伙夠變態，總是放縱她在各種危險活動中跟前跟後，其他人怎麼捨得讓那麼小的孩子跟自己出生入死？

「就是這樣才有一堆死忠粉絲啦！況且人才經得起考驗。」然而，天芯對雷奧哈德的培育方式自然認同，畢竟自己真的因為跟著星芒闖蕩而進步不少，「又或者，雷奧總是能把藥餵得跟糖一樣。那張嘴怕是比以前更厲害了。」

「反正我等一下要去湊個熱鬧！看看我猜的人對不對。」

「妳必須一起來！主建築又擴建了吧？沒人帶我絕對會迷路的……」

「我知道啦小路痴。」巴奈看送來的食物還剩一大半，忍不住問天芯，「怎麼吃得那麼勉強？這些都是妳愛吃的不是嗎？」

「哎，我一直都這樣嘛！只有受傷時吃比較多而已。」

「坦白說，雖然是挑妳愛吃的，但我是看妳哥身上有傷才多送點過來。」

天烈前一晚受襲的傷並沒有痊癒，雖然天芯用了轉移治癒手上的血洞，但神秘觸手造成的勒痕似乎無法完全治好。

「你們兩兄妹的口味該不會其實差很多吧？」

「別擔心，他吃什麼都一樣小鳥胃。但以傷患來說確實吃太少。」

幾乎與天芯的回應同步，始終在旁邊鼓勵天烈多吃點的狩，一把將新的麵包塞進對方手裡。

「哥哥，至少把這個吃完。就當作是為了你體內的餓死鬼吧！」

「我知道。所以吃得比平常努力了……」天烈艱難的笑了笑，跟狩道謝後加速把新入手的食物嗑完。

羅諾亞現在完全變成他進餐的動力了，不然他本人就算吃了傷也不會好，讓他總覺得自己在浪費食物。

「我也不是要勉強你們啦！」巴奈看天烈努力吃食的模樣，竟萌生類似看著可愛動物時的疼惜之情，「不然我們現在就出發？跟我來。」

在巴奈的帶領下，他們在結構複雜的星芒主塔繞了幾個彎子，並順利抵達目的地。

三人隨著巴奈來到指定的小房間前，據她所說，雷奧哈德與兩名準隊友已經在裡頭等待，但這裡隔音做得很好，無法從門外聽出端倪。

「雷奧！我帶他們來了！」

巴奈一邊敲門，一邊對著裡頭大喊。

沉重的門被緩緩拉開，正對門口成ㄇ字擺放的三張長沙發一覽無遺。雷奧哈德坐在中間，而右側沙發上則是一名正襟危坐的少女。

四人進門後，幫忙開門的青年掛著平和的笑容回到少女身邊坐下，而少女在看清來者身分後立刻眼睛一亮，但馬上壓抑住興奮的表情，恢復莊嚴的模樣。

與兩位初級勇者四目相交的當下，天烈也情不自禁的嘴角上揚。

雖然對人選早有臆測，但見到他們時果然非常高興。

「雛菊・克拉克、艾倫・夏普。」雷奧哈德簡單介紹，「天烈跟狩之前似乎與他們有點緣分，所以我就不多言了。」

「哇～果然沒猜錯。」巴奈綻開大大的笑容，拍著天芯瘦小的肩頭說，「本期最好的苗子都給你們了！」

「正如巴奈所說。就算沒有特殊機緣，我也會優先把這兩位推薦給你們。希望妳能好好照顧他們，天芯。」

「……我跟公會體系脫節太久，不反過來被他們照顧就不錯了。」

天芯不禁感到滄桑，她不是沒有帶初級勇者的經驗，更不是不想照顧後輩，而是經歷白天的一切過後，她深感自己錯過很多事。

「別這麼說。他們還是有不少地方得向妳學習。相對的，妳也可以問問他們公會的現況，對融入有幫助的。」

看來這傢伙是認真想把她給收了呢……天芯對此打了個冷顫，但也只能無奈允諾，「我盡量吧。」

「整晚都是你們的時間，請隨意。」雷奧哈德再度露出那洋溢領袖魅力的笑容，起身道，「巴奈，有點事需要妳幫忙。到我辦公室說吧。」

「哈哈，最近真忙。」巴奈伸展了一下筋骨，轉向天芯道，「好久沒看到妳認真戰鬥的模樣了！我很期待呢。」

「不是才剛打完一架嗎……」

「切磋不算數啦！我們打得那麼有愛。」巴奈愉悅道，「那我跟雷奧先走囉。你們加油！」

「會長再見！巴奈小姐再見！」

兩位初級勇者整齊的與上級道別，天烈等人也朝他們揮手致意。

隨著雷奧哈德與巴奈離去，會客室裡頭安靜了下來。

大人物都出去了，總可以輕鬆對談了吧？天烈這麼想著，正想開口與故友寒暄，就看雛菊與艾倫一齊起身，走到天芯面前。

「您好，初次見面。我是艾倫・夏普，職業弓箭手，我身旁這位是雛菊・克拉克，職業符師。請前輩多多指教。」

艾倫沉穩的說完，便與雛菊同時朝天芯深深一鞠躬。

眼前態度恭謹的初級勇者，讓天芯一張標緻的小臉彷彿被凍僵了。

好不容易找回聲音，天芯做了幾次深呼吸，並以她認為最親和的口吻對兩位新伙伴說，「不知道雷……會長有沒有說明我們的狀況，但既然都要成為隊友了，我得先跟你們說一聲，我跟天烈都是穿越者。」

「了解。會長的確提過隊上會有兩位穿越者。」艾倫從容不迫的接話，「但這種事根本沒必要介意，不是嗎？」

「不愧是星芒教出來的好苗子。那我就直說了，我是馮天烈的妹妹，也是狩的伙伴，當然把你們當平輩看待……總之，不要用那種恭敬的態度對我，太奇怪了！」

「但您同時也是會長欽定的特級勇者呢。我們只是以平時對前輩的態度坦誠相待而已，您無須感到壓力。」

「……不，你現在這樣就是讓我壓力很大。你們四個是好朋友只有我是前輩……壓力超大的。」

「唔……如果因此影響磨合就糟了。」艾倫思索片刻，最後笑著伸出手，「那我不堅持了。往後請多指教，天芯。」

「這才對嘛。請多指教，艾倫。」

天芯暗暗鬆了口氣，終於安心與艾倫握手。

雖然她也常用上下關係與人社交，但自己真正處於上位時，果然還是渾身不自在。

「小雛，妳看天芯都這麼說了，就別那麼緊張了吧？」鬆開天芯的手後，艾倫輕拍雛菊的背道，「妳已經好久沒組到有女孩子的隊伍了，應該更開心點才對。」

「我、我很開心啊！」

吶喊出聲後，雛菊終於從矜持中鬆懈下來，「可是短時間內見到會長、巴奈小姐跟傳說中的特級勇者，衝擊實在太大了嘛！根本緊張到說不出話來。」

「我和小雛都沒想到這麼快就能與你們再會。」艾倫走近天烈與狩，眉眼間流露溫情，「看見走進門的人是你們，是最棒的驚喜。」

「嗯，我也很高興……」看見房裡的人是你們，真的讓人感到安心。

「烈烈跟小哥是怎麼跟天芯走到一起的呢？還有大哥……那次先走之後就沒跟你們一起旅行

了嗎？」

雛菊自分離後一直把他們三個放在心上，如今見到組合換了，忍不住出言關心。

「這個嘛……說來話長。」

提起此事，天烈腦中瞬間又像斷線一般，只剩一片空白。

但他這次很快就找回思緒，不慌不忙的開口，「我可以慢慢說。順便把我們組隊的真正目的告訴你們……如果聽完後不想攪和也沒關係，我們會跟會長說明的。」

「這次星芒參加徵選的緣由，會長大致提過。」

見天烈面色凝重，艾倫立即重新衡量了事情的嚴重性，但他對外還是以一貫親和的態度，先安慰伙伴再說，「別擔心。我們都知道事情不單純，是思考後才答應的。」

艾倫的話讓天烈安心許多，但狩始終注視著天烈，所以知道他還沒真正放鬆……

『天烈，你真的沒問題嗎……？』

這句心靈溝通只有給天烈聽見。

由於明白馮清馳在天烈心中的重量，因此狩對天烈必須重提往事而感到不安。『我也該堅強起來了。』

雛菊與艾倫靜靜等著，他們知道這可能是個難以啟齒的話題，需要給天烈多一點時間準備。

這份貼心給了天烈信心，讓他覺得自己這次真的能把事情的原委說好，試著真正面對它。

「兩位久等了，我想這件事，應該要從我們那次與女妖戰鬥時說起……」

從女妖一戰切入，連結到天烈天芯來到黃泉的原委，並將他們參與徵選的理由與預設敵人毫無保留的全盤托出。

當天烈敘述到了尾聲，雛菊早已泣不成聲。

她把這當成自己的事一般哭泣，雙手胡亂擦抹著不斷湧出的涕淚，原先掛在臉上的眼鏡被她放在一邊，一雙袖口全被涕淚浸濕。

「妳知道嗎？看妳這樣哭有一個好處。」天烈望著雛菊，輕笑道，「講故事的人會有一種成就感。然後自己就不想哭了。」

「烈烈你不要每次都在這種時候耍帥啦！」雛菊抽了幾口氣，想到天烈的心情，不禁掩面大叫，「為什麼不自己哭出來！不要一直逞強啊……」

「沒用的。哥哥從小到大只會在阿公面前哭而已……」

「天芯妳也不要壓抑，大哭也沒關係喔！我一定會幫你們的！」

雛菊把天芯攬進自己懷中，像拍撫受傷的小貓一般細心安慰著。

看這孩子開始把自己縮成小小一團，一副想遮掩弱點的模樣，雛菊完全把對方的身分拋到九霄雲外，只覺得心疼到不行！

「雛菊，妳千萬不要感情用事……知道我們發生什麼事是一回事，但你們要不要被拖下水又是另一回事。」

天烈見雛菊一把鼻涕一把眼淚，實在很怕她因沖昏頭而做出魯莽的決定。

「我才沒有感情用事呢！」雛菊吸著鼻子抗議，「你講的版本雖然跟會長有出入，但沒有影響我當初的決定。」

「小雛說得沒錯。會長當時雖然沒把你們的私人情況告訴我們，但關於目的本身與可能的危險性，已經講得很明白了。」艾倫粲然一笑，「聽你說完，只是更堅定我們加入計畫的念頭罷了。」

「他到底跟你們說了什麼……？為什麼你們會在知道不安全的情況下答應？」天芯此刻已收斂悲傷，但依然安定的縮在雛菊懷裡，沒有掙脫的意思。

「『關於主祭儀式的改革計畫，我們還想把未定的十人名單變成自己人。我已經找到願意合作的人選，其中一支隊伍人數目前只有三人，其中包含兩名穿越者。你們願意加入計畫，補進這支隊伍裡嗎？』會長當初是這麼跟我們說的。接下來的利弊分析不再贅述。」

艾倫重述雷奧哈德的話後，溫言補充，「主祭儀式可能涉及到人民的思想控制已經不是最近的風聲了。一直聽說三大勢力有意對此採取動作，但高層並沒有任何正式公告。會長一見到我們，先是毫無保留的把內幕跟我們明說，然後問了剛剛的問題……十人名單的規則我們自然清楚，想到能從那麼多初級勇者中得到會長的青睞，當然是以必勝的決心接下任務。」

「我的想法跟艾倫哥差不多，所以是單純抱著願意嘗試高級任務的心情接受挑戰。那時根本沒想到跟我們組隊的人會是你們啊！」

「雷奧那傢伙……雖然快樂的把你們往火坑裡推，但到底還是愛護有加嘛。」

人情往往是讓人做出違心決定的最大因素。為了不讓成員做出讓自己後悔的選擇，雷奧哈德刻意沒有透漏天烈等人的身分，讓雛菊與艾倫在只衡量利害的情況下做出判斷。

正如艾倫所言，放感情進去之後，只會讓決心更加堅定……一方面讓自家成員心甘情願的涉險，另一方面保證另外三人得到兩個心意已決的伙伴。這樣保護了兩邊人馬的話術，著實讓天芯感到欽佩。

「會長向我們允諾，如果真的出了什麼事，星芒不會背棄我們。有公會當後盾，冒點險算什麼呢？」

「星芒是最強的！一定沒問題！」

艾倫與雛菊態度堅決，共組五人隊的事已成定局。

儘管兩人都對星芒表現出絕對的信任與支持，但天烈還是對拉他們下水這件事感到不安。先是一再被狩保護，後來得知天芯一直以來的犧牲與付出，現在又多了雛菊與艾倫……天烈只覺得越來越迷惘，像這樣把更多人帶入險境，到底是不是正確的道路？

◆◇

集結的夜晚過去，迎來下一個天明。

新隊伍的相處十分融洽，尤其兩個女孩熟得特別快。不到一天光景，就妳一聲芯芯我一聲小雛，交流得十分熱絡。

趁著午間休息，雛菊來到天烈等人暫住的客房與三人閒聊，但話題其實都圍繞在與天芯的技術交流上。兩個女孩進入討論後就完全停不下來，大概是因為能像這樣持續而深入聊專業話題的人實在太少，兩人都覺得知音難求。

聊得正熱絡時，艾倫剛好拿著報名資料，敲門走了進來。

「各位，我們來開第一次小隊會議，順便完成報名手續吧！」艾倫流利抽出幾張貼有註記的紙張，「能先處理的我都處理完了，剩下幾個部分都得開會討論。」

「等等艾倫，關於我的參加資格……」

沒等天芯問完，艾倫就直接將報名資料遞給她。

定睛一看，在天芯的欄位上，標的是「一般平民」的身分。

「看來妳真的跟公會體制脫離很久了。」艾倫從天芯手中輕輕抽回資料，笑道，「或許早年的公會成員真的是會長說了算，但現在體制已經發展得這麼完善，沒有簽下雙方同意的正式契約，怎麼可能真正入會呢？」

「……雷奧那傢伙，居然耍我。」

「我想，會長沒那個意思。因為他跟上級們真的很努力在各種場合刷妳的存在感喔！」艾倫真誠道，「基本上，只要是星芒的成員都會知道有一個神祕的開荒特級勇者，而且還有一些從開荒時期流傳下來的英勇事蹟作為佐證。加上之前巴奈小姐跟妳在大廳公然比試過，現在傳說中的特級勇者即將回歸已經成為熱門話題了。」

「就算有人沒看過大廳比試心生不服，只要在徵選活動拿下冠軍、讓大家看見芯芯的實力，絕對就能強勢回歸了！」說著，雛菊開心的將天芯摟進懷中高呼，完全沒注意到臂彎裡的小少女已經羞紅了雙頰。

沒事瞎編什麼傳說啊……！想到兩位伙伴很可能已經聽到一些有的沒的，天芯不禁覺得尷尬病要犯了。

「總之沒簽下契約就不算真正入會，對吧？那我……」

「我們一定能讓妳捨不得推辭的。」艾倫立即打斷天芯的拒絕，同時用朝陽一般的笑容不斷散發熱情攻勢，「或許妳不知道妳在我們眼裡是多麼傳奇的存在。想聽聽那些開荒時期的傳說故事跟妳的英勇事蹟嗎？順便回顧一下昔日的美好時光……」

「不、不……我們還有更重要的東西要討論吧！」聽別人轉述這些絕對是酷刑啊……此時此刻，天芯突然覺得眼前的初級勇者根本比他們家會長還要心髒。

「說得也是，敘舊可以隨時，但延誤報名就不好了。」艾倫收起熱情模式，回歸平靜的笑顏道，「不過除了報名手續，我還想了解一下隊伍的配置。」

「上次有提過，小雛是使用符咒為主的符師，而我是以長弓為主要武器的弓箭手。在以往的隊伍，我們兩個都是輔助型的攻擊手。」艾倫若有所思的望著天烈與狩。「現在想確定一下你們三個的專長與定位，尤其天烈跟狩……你們對四大潛質有概念嗎？」

潛質，以人間的講法，類似靈力或法力。

每個人都擁有潛質，但在人間的規則中，大部分人的潛質會被壓抑在肉體之中，直至死亡。然而，人類死後來到黃泉，少了肉體的囚梏，便能將潛質充分發揮。

經過統整與歸納，人們發現潛質大致分為四種。

生，雖然幾乎沒有攻擊力，卻是唯一擁有療癒力的潛質。

恆，因性質穩固而常被用來設防護或牽制敵人。

變，變化多端，但考慮到持久性較低的特性，通常用於快攻或瞬發型攻擊。

滅，純粹攻擊型的潛質，擁有毀滅性的攻擊力。

雖然每種潛質的特質相去甚遠，但像心靈溝通之類的簡易技能，卻是四大潛質都能流暢使用的。

天烈在想起學習心靈溝通時做的簡易測驗後，立刻答道，「我是『生』，阿狩好像是『變』。」

「變。」天芯自動報上。

「小雛也是『變』。而我是『滅』。」艾倫做完筆記，不禁苦笑，「除去天烈的『生』，我們還真是一支暴力的隊伍呢。」

「抱歉啊。我還是最習慣暴力打法。」雖然嘴上道歉，但天芯的眼神洋溢自信，「我雖然好用符咒、術法，但特別喜歡搭配體術打近戰。我知道這可能跟公會體系下的職業習慣不太一樣？」

「妳這樣非常好，正好解決了我們遠程職業過多的問題。」天芯的戰鬥習慣讓艾倫十分欣喜，增加多樣性對隊伍自然是好事。

「不過，就算芯芯能近身戰鬥，還是至少要有個真正的近戰攻擊手吧？」雛菊的目光來到狩身上，「狩絕對是個優秀的近戰啊！」

「狩可以的。」天芯直接掛保證，「今天早上他才赤手空拳打贏了巴奈。這樣夠強吧？」

「真是令人振奮的消息。」

然而，眾人的興奮並沒有持續多久，因為天芯跟狩確定之後，馬上輪到最難纏的……

「……你們，別用那種表情看我啊。有什麼特訓我都會努力的！」

天烈覺得自己快被眾人憐憫的眼神淹死了。

「烈烈你知道嗎？如果現在是學園區畢業的職業分配，你一定會直接被送去當祭司，然後被大家當成寶貝捧在手心裡疼。」

「星芒一向留意治療人才，而身為純治療職業的祭司只有生潛質的人能勝任。特別強勁的『生』潛質……光是這點就能直接保送祭司團了，毫無懸念。」

雛菊與艾倫先後哀嘆。

「每個公會都需要強大的祭司，因為中、高階治癒術只有他們能使用。但全世界的人都知道，把祭司送上前線是多麼愚蠢的行為……」連與公會體系脫節已久的天芯，都能肯定這條不變的真理，「然而，我們現在不得不當蠢蛋了。」

「讓我想想，當一個祭司不得不出去戰鬥時要怎麼辦呢……」雛菊捧著臉努力思考。

「讓他帶點防身的武器吧……煙霧彈或毒包之類的。硬兵器沒有長期訓練就亂用有點危險。」艾倫在筆記上添了幾行字，隨後對天烈說，「我們會請人教你所有用得上的治癒術咒語。」

「我會努力給大家治療的！對於怎麼在團隊當好治療這件事……雖然緣由一時很難解釋，但我大致有點概念。」

其實天烈從開始認識公會體系的時候，就一直有種微妙的既視感了。只是他知道說了身邊的人也不會懂，而唯一能懂的天芯大概早就看開了，所以一直悶在心裡。

遊戲不是沒打過，補師也不是沒玩過，雖然跟實際用身體戰鬥還是天差地遠，但總比一無所知來得強。

「就這樣吧……哥哥確實只能專心當個治療。」雖然下了決定，但天芯臉上的愁雲慘霧沒有散去，「但他治完人會立刻虛弱啊！這該怎麼辦呢？」

「其實聽你們說過之後，我一直很好奇……天烈治療人是用摸的？」

艾倫一邊詢問，一邊漫不經心掏出衣袋中的小匕首，緩緩將手掌劃破。

「啊！艾倫你幹麻？！」

天烈驚叫一聲，想都沒想就抓住艾倫血淋淋的手。

「做餌，釣魚。你這不就立刻上鉤了嗎？」

「你還真是……」

隨著艾倫的手傷逐漸癒合，天烈立即陷入疲軟狀態，連嗆人的力氣都沒了。

一旁的狩見狀，便習以為常的把天烈拉近身，讓他靠在自己身上休息。

「還真的一碰就好。但這樣不行啊……」艾倫望著初癒的手心低聲喃喃，「虛弱也比想像中嚴重。」

「也許透過術法會比直接使用天賦好一點……沒真的讓他用過，但我覺得值得一試。」

看天烈已經開始昏昏沉沉，天芯便直接與艾倫討論了起來。

「我覺得光靠觸碰就能治這點更棘手。」艾倫眉頭深鎖，「治癒術可以選擇施展對象，但天烈的觸碰顯然是無差別治療，萬一被對手發現，大家受傷後都衝過去摸他，我們不就玩完了？」

『聽起來確實有點糟。而且恐怕不只是活動當下會發生的問題。』

想到天烈將來可能被一堆奇怪的人摸來摸去，狩的心裡就不太舒服。

「總之，這幾天我想辦法解決。」艾倫簡單把議題告一段落後，側過身子輕聲叫喚，「天烈，撐得住嗎？我們現在要來選小隊長。」

「抱歉……我剛剛又睡著了嗎？」

天烈猛然驚醒，但疲態依舊。

「烈烈你再忍耐一下下，我們會盡快結束的。」

「你們慢慢來，我已經沒事了……所以現在是要選隊長嗎？」

「對。先說，我不要當隊長。」看雛菊與艾倫紛紛投來企盼的眼神，天芯連忙聲明，「我打起架來會忘我，指揮隊員我完全不行。」

「那，我可以私心推薦艾倫哥當隊長嗎？」雛菊誠懇的說，「艾倫哥是我們這期團滅率最低的隊長。那次在野外遇上女妖也是，要不是他，我們可能就再也回不來了。」

「是嗎？但我記得是妳跟天烈他們把大家救回來的。」

「要不是我被蜘蛛困住，大家搞不好能更早獲救……」雛菊靦腆的笑了笑，對一頭霧水的天烈等人解釋，「當時，其實是其中一名伙伴先被女妖拐去了，原本打算全隊前去營救，但發現打不過女妖後，艾倫哥立刻要我脫戰求救。」

「女妖的注意力幾乎都落在男性身上，好像在搜索什麼目標似的。」艾倫回想當時的情形道，「這種時候，當然是由我們引開女妖的注意，爭取小雛脫逃求救的空檔最容易成功。」

「而且艾倫哥還特別交代，求救時要直接跟其他人強調『男性隊友全員陣亡』，因為解釋起來太複雜，如果大家看到只有女隊員逃脫成功，自然會對女妖的攻擊方式有所警戒。」雛菊轉向天烈與狩，面帶歉意，「所以我逃出來的時候其實不是全部隊友都陣亡的……那時騙了你們真對不起。」

『這是為了戰略，我們不會介意。』

「阿狩說得沒錯。而且我這才想到，跟女妖戰鬥時用的備用符紙、水囊和弓箭，都是從艾倫身上掏出來的呢……」

根本百寶袋啊這傢伙！忽然覺得他那次雖然整場躺地板，但沒有他還真的不行。

「咦？原來我還有這種功能。」艾倫聽著天烈的追述，真心覺得有趣，「沒想到還能幫上一點小忙，太開心了。」

「聽起來是個在關鍵時刻能冷靜判斷的隊長，兼職隊上保姆與行動備忘錄。」天芯愉悅做了總結，「這麼好的隊長哪裡找？鼓掌通過。」

在大家熱烈的掌聲中，艾倫只是謙和的回了一句，「深感榮幸。」

基本資料大致填妥後，艾倫看了看最後的空格。

「剩隊名了。有沒有人要提——」

「帶烈烈回家！」雛菊舉手歡呼。

「駁回。」天烈立刻否決。

「為什麼駁回？這不是為了讓你順利回家的計畫嗎？把目標當成隊名，每次提到就鼓勵自己一次，好熱血呢！」

雛菊還在為自己的提案拉票。

「你們入隊的初衷呢？會長當初提的目的才不是這麼膚淺的東西！」

「不膚淺啊，我也覺得這名字不錯。帶烈烈回家隊，請問你們每天輪流把烈烈帶回家嗎？不，我們都在星芒公會，星芒就是我們的家——」

「你根本曲解成另一種帶回家了啊——！」

「不要趁機宣示主權。」天芯先是忍不住吐槽的艾倫的短劇，才接著說道，「雖說這名字挺可愛，但艾倫的扭曲版解讀讓我覺得好恐怖。我們還是重想一個吧。」

『同意天芯。』

狩見天烈再次累得搖搖晃晃，便把他按回自己身上。

「那重想吧。至少我們有個方向……咦？天烈睡著了嗎？」

『似乎撐不住了。』狩在確認天烈真正睡去後才輕聲答覆。

「居然急到體力不支了，真可愛。看他這樣實在很想繼續把他取進隊名裡，等他醒來知道了反應一定很有趣。」

「艾倫哥你好壞喔……但聽你這麼一說，害我也開始期待烈烈的反應了。」雛菊忍不住笑了起來。

「於今為烈。」

天芯的嗓音瞬間吸引大家的注意力。

「目前的情勢對我來說就是這種感覺……哥哥從以前就一直遭遇各種危險，而現在越來越嚴重了。」天芯在無奈之後露出複雜的表情，「不過有趣的是，雖然這句成語不是用來形容什麼好事……但光從字面上看，卻可以解讀成我至今的心情寫照。我很訝異它用黃泉的語言還是能夠雙關呢。」

「聽起來頗優雅，兩個意思也都符合現況。」艾倫柔聲讚嘆，「妳對天烈的愛果然很深沉。」

「我不否認。但總覺得用這個當隊名太私心……」

『就用這個吧。』狩伸手理了理天烈的衣裳，語帶寵溺。

雛菊接著綻開滿意的笑容，艾倫則揚起嘴角，將隊名填了上去。

「這樣就可以了。我立刻把資料送出去。」

「咦？不休息一下嗎……」

看艾倫急急走出門外，天芯連忙追了出去。

「名額有限，還是快點報名比較安心。」艾倫沒有停下腳步，只是轉頭對天芯說，「順帶一提，十五天後就是百人團戰了，所以集訓從明天就開始囉。」

◈ 捌章 開戰之前

孿神祭典主祭十人選拔會場。

這十五天雖然做了不少事，但怎麼想都覺得如夢一場。

看四名伙伴不慌不忙，天烈更覺得自己累贅。

偏偏那個該死的隊名……那天他醒來後，艾倫就以閃亮的笑顏跟他說表單已經送出去了，完全沒有挽回的餘地。

「休息區到了。我跟小雛先去公會那邊打個招呼。」

「好。我們三個也有東西要領。事情辦完後就在休息區會合。」

選拔會前三天，天烈等人收到了鐵拐的回覆。

寄來的東西很簡單，只有一塊木牌，上頭有張紙條簡單說明信鴿的領貨規則，並在最末表示自己當天會到現場。

大型活動有信鴿駐點天經地義。但拿到木牌的當下，天烈還是暗暗驚奇，鐵拐怎麼用了賞金獵人匿名密件的方式委託信鴿？

由於在重要賽事的會場，此時管理處比平時繁忙許多，身穿雪白制服的信鴿們在各色包裹貨品間來回穿梭，場面十分壯觀。

「匿名寄件啊……請到最左邊的帳篷。包裹上會有跟木牌一樣的圖案。抱歉，我們現在人手不夠，等等會派對這類貨物比較熟的巡邏人過去。」接待的信鴿語帶歉意。

「沒關係，辛苦了。」

接待的信鴿迅速離開，而天烈等人在找到寄件的帳篷後，便進到裡頭分頭尋找。但找沒多久，小帳的簾幕再次被掀開了。

「地方的巡邏人聽說裡頭有幾隻迷途小羔羊……嗯？居然意外捕獲我朝思暮想的小綿羊！見到你真好，天烈～」

天烈僵直片刻，決定假裝什麼都沒聽到。

其實，聽聞那清朗嗓音的當下，天烈立刻回想起某隻曾經遇過的煩人信鴿。原本以為自己只是這傢伙接待的眾多過客之一，沒想到對方居然還記得他的名字。

「哎呀，這次是三人行嗎？不用找了，你們的東西在那裡。」

爽朗哥露齒一笑，優雅而迅速的走到帳篷角落的某包貨物旁邊。

天烈揚眉走近一看，爽朗哥所指的貨物上，果真畫了跟木牌相同的圖樣。仔細一看，在圖樣附近，鐵拐還以極小的字跡寫著天芯的全名。

大概是怕他們對匿名掛件不熟悉，特地留了點小記號。沒想到爽朗哥居然能注意到這種可怕的小細節。

「謝謝。」

天烈僵著臉抱起貨物，語氣平板。

「想知道我為什麼找這麼快嗎？」爽朗哥親熱的上前，伸手勾搭天烈的肩。

「……不想。」

「因為上面的名字跟你微妙的只差一個字，加上我精準的直覺顯示，這東西絕對跟你有關係，所以特別把位置記了起來～念舊如我，天烈聽了有沒有好感動？」

……不要擅自回答啊！這種不舒服的答案沒人要聽！

「哥哥，這人是誰？」

天芯踱到天烈身邊，冷眼看著爽朗哥。

「噢，想必這位就是收件人天芯了。長得很可愛呢！跟妳哥哥一樣。」

爽朗哥終於把手放下，轉而打量一臉不悅的天芯。

「……？！」

聽了爽朗哥的話，天芯警戒的瞪大雙眼，此時，狩已無聲無息來到天烈天芯背後，用胸肌上的眼狀紋死死盯著爽朗哥。

「想知道我為什麼曉得你們是兄妹嗎？」

「說。」

天芯低喝的同時，右手已經搭上腰間的拂塵。

「嘿～因為我就是知道！」爽朗哥笑著點了天芯的額頭一下，玩笑開得從容不迫，根本不在乎對方釋出的敵意。

「天芯，不要理他。或許只是瞎矇猜中罷了。」

「這麼快就走？那，這個寶貝就送我啦？」

見爽朗哥邊說邊把玩著某串眼熟的項鍊，天烈臉色一沉，伸手往衣領裡一掏……

這傢伙是怎麼辦到的？明明是藏在衣服裡的東西，被拿了怎麼會一點感覺也沒有？

爽朗哥手上的項鍊，是天烈比賽必須用到的法器。

集訓第三天，他從艾倫那邊得到兩組東西，一組是繡有阻隔咒文的長手套，雛菊繪製的底圖搭上含有艾倫滅屬性的手工刺繡，作為阻擋觸摸治癒能力之用。另一組就是這串項鍊和右手食指上的戒指。

隊友的心血，必須好好珍惜……

儘管不想與爽朗哥繼續周旋，但無論如何都得把項鍊拿回來。

「這東西對我很重要，請你還給我。」專注於拿回項鍊的天烈，此刻反而忘了生氣。

意外平和的反應讓爽朗哥驚喜了一下，他一向喜歡出乎意料的各種事，奪人之物的樂趣之一莫過於看物主暴跳或驚愕的神情，但這麼誠懇的請求也不失一種趣味。

雖然這說法刺激著他喜好奪人重要之物的怪癖，但為了未來能繼續玩下去，壓抑這點慾望不算什麼。

「可以啊！用你的心，跟我換。」

儘管已經決定歸還，爽朗哥還是不忘調戲天烈一番。

「……。」

「哥哥，跟無賴用不著講道理，直接搶回來比較快！」

「哇～兇殘的妹妹也好有趣喔。看在你們逗我開心的份上，直接把東西還你們吧！」

言畢，爽朗哥笑著示意天芯伸手，天芯雖極度不耐，卻還是乖乖照做。

「這一起給妳。特約貨品，收件人僅靠口傳。就當成我跟妳之間的小祕密囉？」爽朗哥倏地彎腰湊近天芯耳邊，用好聽的嗓音悄聲說。

天芯接過天烈的項鍊與掌心大小的瓶中信，望向爽朗哥的眼神盡是狐疑。

而天烈一見爽朗哥的動作，瞬間豎起危機天線。

「喂！你幹麻？離我妹遠一點！」

「唉呀討厭，天烈吃醋了？」

「若你把歪腦筋動到天芯身上，我絕對饒不了你！」

「哈哈哈哈～果然還是炸毛的天烈最可愛了。我會翹班去看你比賽的，要等我喔。」

「給我認真工作！就算你去我也不會理你！」

「這人……到底怎麼回事……？」

望著爽朗哥輕快離去的背影，天芯一邊喃喃，一邊抓住沒人注意的空檔，拆開小巧的瓶中信。

擁翠村，馮清馳故居。來時燃盡此信，隨時恭候。

◆◇

瓶中信讓天芯分神了一陣子，但見休息區裡眾人備戰的情況，她又馬上把心境調整回來。

兩名星芒的隊友已經先行回到休息區的帳棚內，艾倫背向外頭，似乎在跟人說話，而雛菊靜靜站在一旁，神色有些緊張。

定睛一看，艾倫談話的對象正是笑盈盈的雷奧哈德，以及他身邊一位連天芯都素未謀面的女子。

女子留著一頭微捲的長髮與光滑的深色肌膚，她的身材十分高挑，穿上微高跟的鞋子後，居然稍微超過了身形高大的雷奧哈德。冷靜而堅定的神色讓人看得出她受過不少歷練，雖有強者的氣場，卻不至讓人覺得疏離。

「你們回來啦？」雷奧哈德望見帳外的三人組後親切的打了聲招呼，然後對旁邊的女子說道，「柱柱，我們這次的人馬到齊了，都是不錯的孩子吧？」

「有一個受重傷了吧？比賽沒問題嗎？」

「他的情況比較特別。據本人所說，維持這樣沒關係。」

狩聽到兩人似乎在談論自己，便禮貌性朝對方行了個禮。而天芯在蹙眉觀察了一陣子後，輕聲問，「雷奧你剛剛叫她柱柱……？這位該不會是人稱『擎天柱』的賞金獵人頭領吧？」

賞金獵人的歷史比其他兩大勢力早了很多，雖然他們的體制自古以來就比較鬆散，但這個以力量說話的族群，還是有幾個指標性的人物。

黃泉歷史中，穿越者聯盟與冒險團公會還沒出現的時期，被現在的居民稱作「舊時代」。而從舊時代遺留下的「四大王者」，便成為目前賞金獵人的領頭人物。

雖然四大王者在圈內的聲望很高，但目前還在其中活躍的，只剩代稱『擎天柱』的這位女王了。

「我是擎天柱沒錯。其實也稱不上頭領……只不過外面有事的時候，比較常找我幫忙而已。」擎天柱朝眾人揮揮手，一旁的雷奧哈德則愉悅補充，「目前她正在組織這次賞金獵人的主祭人選。所以想讓她看看未來的戰友。」

「我可是投注了很多資源賄賂他們……要是失敗你就死定了。」

擎天柱對雷奧哈德赤裸裸的威脅，不過從她輕鬆的語調聽來，玩笑成分居多。

「恕我冒昧……這種純粹以利益為誘因的合作真的可靠嗎？要是有人拿更高的利益挖角怎麼辦？」

面對天芯的疑心，擎天柱不但沒有生氣，反而露出玩味的笑容，「真有趣。雷奧剛開始也問了我一樣的問題。」

被點名的雷奧哈德笑而不語，示意擎天柱繼續說下去。

「賞金獵人雖然看起來無法無天，但業界還是有潛規則。」擎天柱道，「我們靠接案子維生，凡是接案都必須簽約。一旦簽約，我們就必須對雇主守信用。」

「這次的合作對象也是比照辦理，覺得報酬可以接受便與我簽下合作契約。失信的賞金獵人在圈子裡通常混不下去。況且雇主還是我呢！」

「賞金獵人的圈子還是內部人比較了解。所以柱柱覺得可以的話，我們決定相信她。」雷奧哈德誠懇道。

「我看也別繼續打擾參賽的小朋友了。雷奧跟我再去附近晃晃。」

聽擎天柱開口告別，天烈等人致意過後，便開始處理從物流管理處領回的包裹。

「十分了不起的手藝呢。」一望見包裹中的假頭，星芒兩人嘆為觀止。

「鐵先生似乎加了一些新功能，但光靠我們還真不知道從何組裝起……」天烈反覆檢視修復完整的假頭，雖說直接穿脫看起來不難，但那幾個掛在假頭上、貌似裝有零件的小袋子，還是讓他不敢輕舉妄動。

「鐵拐是有說他會親自到現場，但是不知道什麼時候……」

「……！？這顆頭！」

不知何時，擎天柱與雷奧哈德已經默默繞回小隊所在的營帳，擎天柱一見著被五人團團圍住的假頭，就立刻衝上前爆出驚呼。

她突如其來的激烈反應讓五人小隊不知所措，而擎天柱很快就意識到自己的失態，趕緊解釋，「嚇到你們了不好意思。這顆假頭實在太過眼熟……很像我一個老朋友的作品——」

擎天柱話音未落，帳外再次傳來有人接近的窸窣聲響。

「芯芯，妳在裡頭嗎？」

聽聞熟悉嗓音，天芯趕緊探頭喊道，「鐵拐、鐵拐！我在這裡！」

她知道自己的嬌小身型可能被淹沒在擠成一團的伙伴當中，所以在回應時還用力跳了幾下增加存在感。

鐵拐很快瞧見了一蹦一跳的小少女，並加快腳步移動到休息區的營帳內。但當他走進帳內撞見擎天柱時，立刻露出微妙的神情。

「……是什麼風把妳吹來的？」

相較於鐵拐臉上的驚訝，擎天柱神色中的喜悅大於愕然，原先散發出的女王氣場，也在鐵拐面前煙消雲散。

「我才要問你這句話！到底是哪來的神仙能把你請出擁翠村？難不成是這群孩子？」

「他們是我新帶的小孩。他們需要的我時候，我當然要出現！」

「你、你……新帶的小孩？你在小馳之後有帶過別的孩子嗎？」

「我跟老馳才不是那種關係。那熊孩子是墨雲負責的。」

「但事實上有一半時間都在你那兒鬼混了吧……他會入行跟你們兩個都脫不了關係。」擎天柱憶起往事不禁感嘆，聽她與鐵拐談話的口氣，就知道她與馮清馳似乎也有些交情，「對了，小馳不久前才來找過我，說他找到想安定下來守護的人了，所以想慢慢引退。我聽了挺替他高興，所以也沒慰留……他現在怎麼樣了？」

「掛了。」

「……啊。」聽聞此事，擎天柱眼裡閃過一絲震驚。但從舊時代的大風大浪中一路拚搏至今，歷經過無數認識的人逝去，讓她的反應僅止於此。

或許內心有更大的衝擊，但此時的她，已經不會在人前將脆弱的一面表現出來。

「是因為案子嗎？」

「算吧。」

「真可惜，明明有心引退了。」

原先熱鬧的營帳因方才的對話而凝重了片刻。直到天烈終於回過神來問了第一個問題，「請問，擎天柱小姐也認識馮清馳嗎？」

「……？！」擎天柱回眸望向天烈的神情已經不若從前。

「這隊有兩個是星芒公會的人。剩下的三個孩子都是你帶的新人，對吧？」

她恢復以往沉穩的語調朝鐵拐問話，而鐵拐也不假思索的點頭。

「如今裡面有幾個是小馳留下來的也不重要了……總之這次行動你也進來吧，刃。」

「行動？什麼行動？」

「看來你家小孩沒有完全跟你講清楚呢。」

擎天柱的話讓鐵拐難得將嚴厲的目光投向天烈、狩與天芯，而天芯在看出其中的擔憂後，別開眼神心虛道，「鐵拐對不起。我之後會跟你講清楚的。」

「再說吧。先弄小狩的新頭。第一次應該還地方要調整……小狩就站那兒，我就地組裝。」

鐵拐並沒有多加苛責，經過天芯身邊的時候，還順手摸了摸她的頭。

「刃，你忙完之後我們聊聊！老地方。」

看鐵拐一副準備投入工作的模樣，擎天柱知道對方大概暫時不會理會自己，於是在離去前留下這句話。

「雷奧，有些事我得趕緊安排，先走一步了。」

「請慢走。」雷奧哈德微笑著揮了揮手，他已默默觀察了許久，現在大致猜出鐵拐的身分，「真沒想到，能夠在這種場合與四大王者之首的『鐵血狂刃』相遇。現在該稱呼您鐵拐先生嗎？」

雷奧哈德毫不避諱的問題令在場所有人震驚不已。

四大王者之首？原來鐵拐也是賞金獵人嗎……？現在恢復本名在擁翠村開打鐵店，是代表他已經退隱江湖的意思？天烈略帶不安的望了鐵拐一眼，後者沉著臉繼續進行手邊的工作，卻也沒有出言否認。

「星芒的會長，對嗎？」專注於微調假頭的鐵拐，視線並沒有從狩的身上移開，但他身上爆出的殺氣卻十分明顯，「一直聽說你為人不錯，但你為什麼要拉著我家小朋友往火坑跳？」

「鐵拐……這事不是雷奧主使的。」聽鐵拐批頭就罵，天芯覺得有些尷尬，「是我主動想參與活動，他願意幫我一把而已。」

這次，鐵拐倒是主動移開了視線，轉而與天芯對視。兩人相望一陣子後，鐵拐緩緩點頭，再度專注回工作上，「如果這真的是你們想要的，我會幫你們。」

待微調的動作總算告一段落，鐵拐稍微演示了一下新腦袋搭配武器的用法。

『真神奇。這種以頭部當作武器的作戰方式，我是第一次接觸到。』狩一邊摸索新腦袋上的暗器，一邊讚嘆。

『小狩其實很能打的吧？所以我才加了這些新功能，也把材質改輕了。不過目前還是消耗品，所以你得省著點用。』鐵拐談起機械的話題時，總算掃去入帳以來的沉重神色，雙眼也恢復光彩。

「鐵拐先生，感謝您的協助。」從鐵拐開始解說的那一刻起，艾倫的筆記本從沒離手，疾書的筆更是沒停下過。

「沒什麼好謝的。你們自己小心比較重要。」鐵拐並非客套，而是發自內心的感嘆，「都是不錯的小朋友……但為什麼總是喜歡做危險的事呢？」

「我啊，不喜歡去阻撓其他人的決定，就算覺得是很笨的選擇也一樣。所以，那時候老馳說要入行，我雖然一直罵他，但還是給他做了刀……」

話到此處，鐵拐停頓下來，最後嘆了好長一口氣，「星芒的會長啊，這個小活動就先把他們交給你了。」

「這麼快就離開了嗎？」

「還得去跟柱子聊聊，不過，我回來後，小朋友還是得實話實說。」鐵拐嚴正望了天芯一眼。

「請放心。選拔賽的安全機制在冒險團公會接手後，就變得十分完善。」雷奧哈德信心滿滿的掛保證，也不忘在最後補上一句，「期待能繼續與您交流。」

拉攏的意思明顯，但鐵拐一向不喜歡權謀心計，所以只隨意敷衍了幾聲。

當初會選擇引退，一大原因就是地位高了之後麻煩事會不斷找上門……但比起麻煩事，他更討厭失去的感覺。實力堅強的鐵拐並不好戰，因為爭鬥的最後總是會失去東西，無論是實際上的人事物，還是看不見的情誼，而這也是他最終退圈的原因。

儘管百般無奈，但這次如果不得不暫時復出，他也下定決心幹下去了。

「……鐵先生！」

鐵拐轉身走出營帳前，突然聽見天烈的一聲叫喚。

當他疑惑的回頭，長滿厚繭的手被纖瘦的另一雙手輕輕捧起，天烈沒有繼續開口，只是以認真的神情直視他。

其實剛才，鐵拐心中的千頭萬緒無意間透過共感傳進天烈心裡。回想起這位前輩對自己的照顧，天烈心中也湧現許多無法單靠言語訴說的心聲。

或許是因為從小體弱多病的關係，天烈在成長過程中始終覺得自己給別人添盡麻煩，所以遇事犧牲自己，對他來說一向理所當然。到了黃泉也一樣，因為自己處處要人保護照顧，所以在必要時用若能自毀的方法幫助伙伴，他也不會有絲毫猶豫。

然而，經歷一連串的冒險、遇上這麼多願意幫助自己的人之後，他的想法慢慢轉變了。他深切感受到自己是多麼被大家珍惜著、關愛著……如果明白了這些，還繼續用自暴自棄的想法傷害自己，就真的會對不起其他人為他所做的一切。

現在的心情包含的情緒轉折太多，所以天烈才想試試自己是否也能有意識的透過共感，將想法傳達到鐵拐心中？

鐵拐盯著天烈良久，最後抽手揉了揉天烈的腦袋。

「天賦很高，但技術不成熟的共感……不過你的心情，我感受到了。」此刻，鐵拐才露出不同於以往的感慨笑容，語氣也比平時柔和許多，「有需要的話，再用心靈溝通叫我。」

「好……！謝謝您！」

送走鐵拐後，雷奧哈德正想著自己似乎逗留太久，該為參賽小隊留點獨立空間，帳外又立刻有了動靜。

「真是一波未平一波又起。」這下連一向泰然自若的雷奧哈德都有點汗顏了，從人未到殺氣先到的變化來看，他已經猜出來者何人……

「總算找到你了，雷奧哈德。」

穿盟死神冷酷的話音穿透帳篷傳了進來，意識到訪客身分的當下，天烈等人不禁心頭一驚。

只見一身漆黑的亞矢繃著臉大步跨進營帳，緊跟在後頭的恩浩面帶微笑，還親切的朝他們揮了揮手。

天芯與狩因上次的經驗對穿盟有所顧忌，但天烈並沒有想太多，他看恩浩打了招呼，也笑著朝兩人揮手致意。

亞矢先是帶著複雜的神色瞥了天烈一眼，然後轉向雷奧哈德，面露凶光。

「雷奧哈德，你什麼意思？」

「嗯？聽不懂妳在說什麼。」

「盟主大人基於信任才與你商議他們來過穿盟的事情，先不論為何就這麼湊巧讓你碰到本人……你非但沒有阻止他們幹傻事，還在後頭推波助瀾，這不是擺明藐視盟主大人的苦心嗎？」

「並沒有藐視，只是他們的說法比較能說服我，所以選擇幫他們。」面對亞矢的咄咄逼人，雷奧哈德心平氣和回應，「況且我當初也沒有說一定會站在你們這邊啊！不是說了『順其自然』嗎？」

「你……」

亞矢一時被嘴得無話可說，看對方一臉「怪我嘍？」的無恥表情，更是為之氣結。

看同伴氣得小臉微微脹紅，恩浩拍了拍亞矢的肩將她往後推，自己上前繼續交涉。

「您的決定我們當然無權干涉。我們只是來打聲招呼而已。」作為穿盟對外交際的第一把交椅，雷奧哈德秀下限的花招是唬不住恩浩的。他掛著完美的公關笑容，宣示性的放大聲量，「這次穿盟報名的兩支隊伍會拿下全部的名額參與計畫，不勞星芒公會費心。」

「聽說你們聽到這邊的風聲之後立刻改名單了？」

「原本的首席隊伍保留，但另一支確實換了三個人。」

提及此事，原先沉下氣的亞矢再度燃起怒火，「讓我跟恩浩去就算了，但連盟主大人都要親自下場，未免……」

左右手跟盟主通通搭進去了……？

儘管那兩隊的名字都簡單明瞭的掛上穿盟的名號，彷彿昭告世界他們這次也參加了徵選，但參賽者能知道的只有隊伍名稱與參加人數，確切名單並沒有外流。

「其實你們不必那麼辛苦的。以目前的聲勢，幫你們爭取到五個固定名額應該還行。」雷奧哈德對盟主親自出戰的決定不怎麼意外，只是為穿盟選擇走荊棘之路的方式感到惋惜。

「這是穿盟的信念。」恩浩手撫左胸，如訴說誓言一般誠摯道，「我們會靠自己的實力證明，穿越者絕對也有能力跟一般人站在同一個舞臺上。」

「用現有的規矩進入儀式，就算有人不甘心，也沒辦法說三道四。」亞矢冷冷的說，「如果是靠你們搞來的固定名額，到時候恐怕會有黑箱的爭議出現。這是盟主大人的溫柔，都給我好好記著。」

「很像他會做的考量……雖然覺得你們的精神可佩，但我這邊也沒打算輸喔。」雷奧哈德保持一貫的大言不慚，他隨即帶著鼓勵的笑容轉向自家小隊長，柔聲道，「艾倫，人家特地來打招呼了。作為隊長，你代表大家給他們點回應吧？」

直接推你家初級勇者去跟人家高層對嗆嗎——！？在場除了雷奧哈德之外，其他人都對這種把小獅子踢下山谷的教育感到傻眼。

然而，聽了指示的艾倫只愣了一霎，便轉換心情走上前，對穿盟的左右手行禮致意。

「既然兩位特地過來給我們忠告，我也以忠告回敬。」艾倫睜著澄澈的眼，燦笑道，「你們最大的弱點，已經被我知道了。」

賽前的準備時間在訪客的一進一出後所剩無幾，艾倫在穿盟的左右手離去後，先是針對變數與伙伴微調了一下戰略，然後趕緊把從主辦單位得到的手環分發下去。

「主辦規定必須讓所有參賽者都能看到，所以記得戴在衣服外頭。」艾倫帶頭將手環扣上道，「戴上去之後會感覺有刺刺的東西流入體內，但別緊張，那是探測身體狀況的法力。」

眾人一面聽著自家隊長安撫人心的嗓音，一面感受著法力流遍全身的微妙感覺。待全員的手環都發出藍光，艾倫繼續講解，「這就是本次活動的安全機制。每受到攻擊一次，參賽者的身體狀況就會重新被記錄在手環當中。當手環判定人員不能再戰的時候，會自動解封裡頭的轉移法術，將各位轉送到會場的治療區。」

治療區即是各大公會祭司的駐點區域。所有被轉送出來的參賽者，無論是否為冒險團公會成員，都將在這邊接受治療。

「然後險惡的部分來了……」雖然嘴上抱怨著道具險惡，但艾倫臉上的陰險笑容讓人覺得他根本沒立場說這種話，「當參賽者的身體狀況快要到達臨界點時，手環會發出顯眼的紅光，而且還會閃爍。一方面是給自己的警告，但同時也讓周邊的對手知道你快不行了，是個集火的好對象。」

「不過，閃紅光對我們來說，反而是恩惠。」艾倫話鋒一轉，露出大大的笑容轉向天烈，「我們家的治療，雖然補完人家自己會耗能，但靠著異常的生潛質，光是初階治癒術就能硬生生用得像中階甚至高階一樣。所以天烈，看到隊友發紅光時再施展治癒術就可以，減少不必要的體力浪費。」

「了解。」會變色提示的話確實治療起來確實方便許多……天烈的眼力一向不錯，只要時時留意，應該能把隊友們守護好。

「剩下一點時間，讓大家自己準備一下。開始前會有大會廣播，到時直接在隊伍的預備位置集合。」比賽的策略演練已經進行過許多次，此刻，艾倫認為各自以最習慣的方式做準備，才能在臨場發揮最佳效果。

於是，他拿起弓箭往附近的林地走去，雛菊則把符咒書與賽場地圖翻出來反覆背誦，狩與天芯則找了塊空地開始比劃了起來，兩人兇猛到不像在熱身的切磋，還引起不少人的側目。

至於天烈，在這一刻選擇的是放空。

雖然看起來廢廢的，但他深知體力奇差的自己，賽前最好的準備就是讓自己休息。

他在會場比較偏僻的地方逛去，忽然看見一個熟悉的身影。

沒想到會在這兒碰上穿盟盟主……

盟主背對著天烈，左手直直前伸，凝視上頭發著藍光的手環。

微風輕輕拂過盟主寬鬆的衣物，幾縷髮絲隨著風吹輕輕飄揚，不知為何，天烈覺得此刻佇立在風中的他，看起來格外脆弱。

「很像吧……生前打遊戲時的血量機制。」天烈在盟主背後輕輕探頭，而盟主意識到天烈的到來後露出些許訝異的神情，但馬上又把注意力轉回手環上。

「是啊。你果然也注意到了。」

「盟主大人生前是做遊戲的吧？我想這對您來說格外有感觸？」

天烈還記得初識時兩人的對話內容，沒想到盟主先是神色複雜的一笑，而後輕輕搖頭。

「……我畢業後曾經入過行，但沒有走下去。」他再次看向手環低聲喃喃，眼裡流露的情緒深沉得無法言喻，「但他都做到了。無論用了什麼方法……連在黃泉也是。」

「……？」

「賭上生前對遊戲的摯愛，以及在黃泉對穿盟的信念，這場競賽，我是不會輸的。」似乎打算讓方才的呢喃隨風而逝，盟主並沒有回應天烈的一臉疑惑，而是用堅定的誓言對天烈下了戰帖。

感受到來自盟主的炙熱心緒，天烈也展露笑顏，信心滿滿的回應，「我相信我的伙伴。為了回應他們的付出，我也不會輕易認輸的！」

此時，大會廣播自四面八方傳來。穿盟盟主與天烈將方才的宣戰作為告別，沒再多說任何話，便各自離去。

◆◇

當天烈來到指定地點，四名隊友已經集合完畢了。

雛菊跟艾倫倒是一切正常，但明顯肌膚泛紅、布滿薄汗的狩與天芯讓天烈有些緊張。

「你們倆沒事吧？」

看這兩個明顯打過一架的樣子，他正猶豫著要不要賽前就先給他們極微量的治癒術恢復體力，就被天芯大叫喝止。

「不要過來！比賽開始之後不要讓我看到你！只要不看到你我一切都好！」

『我會克制自己不去感受你的……』

被心愛的妹妹跟信任的伙伴當面這樣說實在讓天烈有點創傷，但他基本上理解天芯跟狩反應激動的原因。

「打這麼兇原來是為了緩解焦慮啊……」眼見兩名主將為了奇妙理由而賽前焦慮，艾倫輕嘆著搖頭，再次強調，「千萬記住，你們兩個，是全隊最有機會留到最後的人。你們只要配合策略除掉對手跟自保就好，保護治療，是我跟小雛的事。」

「啊——！煩死了我知道啦！不要一直強調這件事啊隊長大人！」天芯焦躁的亂抓自己的一頭秀髮，像這樣明明自己就在旁邊，還把保護哥哥的工作交給其他人，對她來說是頭一次，「好想立刻進到會場裡痛快打架忘記一切……」

『只要把對手清完就沒問題了吧？』

「很好。看起來鬥志滿滿呢兩位。」艾倫嘴角輕揚，一副計畫達成的滿意臉，「記得，就算我跟雛菊玩完了，你們還是不能出手喔。專注於讓自己留到最後，焦慮會是你們最好的動力——」

「……要不是你是我們隊長我真想立刻轟了你。我從此以後都要叫你心髒倫！」

「樂意之至。」艾倫不知是有意還是無意綻出一抹紳士微笑，讓天芯差點沒氣到咳出血來。

「芯芯別擔心！我會守護烈烈直到最後一刻的！」

「是啊，放鬆點。雖然無法攻擊，但自保我還是會的。」天烈伸手替妹妹理了理她剛剛抓亂的頭髮，而炸毛的天芯被哥哥一安撫，倒是瞬間乖順了下來。

「一般的祭司無法滿足你的需求……你盡量讓自己晚點過去。」

「好啦！妳也是。」

在兄妹互道關懷的時候，選手們也開始逐漸移動到廣大的賽場內。

天芯抿了抿唇，臨走前撞進天烈懷裡緊緊抱了他一下，然後與狩各自前往他們該去的地方。

「我也先去佔位置了。有新的指揮會用心靈溝通跟你們說。」

艾倫說完後立即敏捷的竄入人群之中。而雛菊則帶著閃亮的笑顏對天烈說道，「烈烈跟我來吧！我剛剛發現了一個絕佳的躲藏地點。」

在雛菊的帶領下，兩人來到賽場林地邊境一塊自然形成的高起平臺上，背後緊鄰略為陡峭的坡地。由於被林木濃密的枝葉及蔓生的雜草重重遮擋，平臺就這麼被隱沒在一片翠綠之中，要不

是雛菊帶路，天烈壓根也沒發現這麼好的駐留處。

「這塊平臺的位置接近會場北方。艾倫哥在我們東北方的巨木群附近等待射擊的時機。小狩目前先在適合打游擊戰的西南角叢林，而芯芯跟他分散，在東南角待命。」雛菊依說明指了指三方位置。

地勢較高的平臺讓整體視野變得好很多。而且座北朝南的地利優勢，剛好能讓人看清會場的整體動靜。

「雛菊真厲害！居然能找到這麼棒的地方。」

「嘿嘿……因為我把整張地圖都背起來了嘛。」雛菊靦腆的搔搔臉，「只要他們發出警示，我們就能以最快的路徑前往治療。烈烈你放心，在我陣亡以前，絕對不會留你一個人的。」

不能讓治療孤身一人是打團隊戰的基本常識。但為了不耗費人力，雛菊與艾倫決定以接力的方式待在天烈身邊。若雛菊有了萬一，艾倫就會接手。力保治療不在他們兩人之前陣亡，是他們這次致勝的關鍵。

「能的話還是一起撐到最後吧……啊。」天烈話說到一半，突然因為觀察下方戰況而驚嘆一聲。

「艾倫說得沒錯……果然變靶子了。」天烈望著東南角的戰場，語帶同情。

從遠處依稀可見，東南角的戰場大致以一個顯眼的黑點為中心，十來名參賽者猛烈攻擊，但黑點不是省油的燈，在一片刀光劍影中，外圍的人已經三三兩兩的開始發出紅光。這時，更外圍處忽然炸出幾道犀利的爆裂咒攻擊，把所有紅血的傢伙送回治療區，但施咒者似乎用術法隱身，讓人無法看見其存在。

黑點似乎想往符咒的源頭接近，但立刻又被倖存者團團圍住，剛剛的循環又來一次，只是這次炸來的符咒換了個位置。

成為眾矢之的的，恐怕是一身黑的穿盟死神，而從符咒撮合法術的繁複用法來看，在旁邊快樂扔符咒補刀的，正是天芯。

這次穿盟擺明角逐祭典名額的事，還是遭受不少保守派的反對。他們主張，主祭儀式除了具有宗教的神聖性，還有保護黃泉眾生的使命，不該讓穿越者隨意涉足。因此這次的參賽隊伍有不少針對穿盟而來，雖然穿盟成員大部分保持神秘，但盟主與左右手的特徵世人還是知道的。

而艾倫在賽前提到的「弱點」就是這個。

儘管有點卑鄙，但兵不厭詐，雖然不落井下石，但還是可以一邊假他人之力削弱最大敵人、一邊以最省力的方式減少人數。

目前策略進行得很成功，儘管亞矢有意針對星芒的隊伍發動攻擊，但現在光是應付不斷湧上的對手就勞心勞力，根本無法接近目標。

目前東南角的戰況看起來沒什麼問題……天烈才剛這麼想，天芯的攻擊忽然被打斷，一枚子彈般的小光球忽然從空中往下射去，光球準確墜落一處，原先隱身的天芯瞬間被打回原形，緊接著又是數枚光球射出，讓幾個原本就岌岌可危的選手就地陣亡。

「芯芯……！」

「別緊張，她及時閃避了。」天烈從遠處捕捉到天芯的動作，他知道這一下對自家妹妹傷害不大，但對方狙擊手的準度依然令人不寒而慄。

這時，艾倫指揮的心靈溝通傳了過來。

『那是崔恩浩招牌的法術彈。看來穿盟的左右手在打配合戰。坂本亞矢在原地停滯不完全是被牽制，而是為了讓伙伴鎖定目標。』

小隊在賽前會議中決定，對所有人的指揮一律傳達給全員知道，讓大家能把握伙伴的即時戰況。

艾倫速速分析後，立刻警示，『天芯，妳被狙擊手盯上了。那把槍的射程涵蓋半個會場，妳現在只能想辦法躲開他的視線。』

『好，我暫時休戰。有需要再用心靈溝通告知。』

『妳報不出地點的！需要支援的話直接發信號符，然後往右邊跑。』精確掌握隊友長處與短處的艾倫自然清楚天芯路痴的程度。意識到自己說了傻話的天芯簡短應了一聲，便隱沒在戰場中。

臨場指揮結束，雛菊重整了一下腦內的地圖，輕拉天烈的衣角道，「烈烈，我們好像在原地待太久了……」

轟——！

雛菊細嫩的話音被突如其來的一聲巨響打斷，而天烈在反應過發生什麼事的當下，立刻抱住雛菊躍下平臺。

他以單薄的身軀護著雛菊從略高的地形滾落，但此時他身上已經張開一層輕薄卻密度極高的赤色護法，因此兩人都只受了點皮肉傷，並無大礙。

所幸目前周遭無人，不然狼狽跌落的他們簡直像是待宰羔羊。

「這是……山崩？」

剛剛蹲點的地方，現在已經被石塊覆蓋。

雖說是山崩，但很神祕的只崩了他們在地平臺的正上方，難道是其他選手事先安排的陷阱嗎……？

「烈烈！你瘦成那樣，居然還護著我滾下來……」

雛菊一雙大眼急得快要滴出淚來，天烈見狀趕緊安慰，「我沒事！剛剛應該是受到保護了……」

天烈話音未落，果然感受到額頭一熱，羅諾亞再次浮了出來。

「啊！是上次的小眼睛！」天烈額上的眼睛雛菊以前在蜘蛛洞裡見過一次，因此儘管天烈並無特別向隊友提及羅諾亞的存在，她也沒有太驚訝。

而天烈也沒打算立刻解釋，他現在更關注羅諾亞浮出的用意。專注休養的祂會主動現身，代表這場意外不太單純。

『這只是開始……我們得從現在開始小心周遭。』羅諾亞的心靈溝通只給天烈聽到，祂語調嚴肅，流露出濃濃擔憂，『我感受到神的氣息，天烈。祂正率領整個黃泉與你為敵。』

◇拾章 生存之戰

賽場東北方的巨木群地區。

艾倫藏匿在其中一棵巨木上頭，從高處俯視整個會場。

爬高是他特別訓練出的技能，作為一名弓箭手與指揮者，艾倫從在公會學園區時，就針對自己的長處做了與眾不同的加強。至今他能攀爬的高度已經超過一般相似職業的水平——至少目前他沒有發現附近有別的遠程對手存在。

他這邊進行得還算順利，從高處攻擊讓他能在隱匿行跡的優勢下擊敗對手。艾倫趁下方無人又換了一棵大樹，不久，北邊坡地的小型山崩立刻吸引他的注意力。

陷阱？戰鬥？自然因素？場地突然出現大動靜的變化，讓他有些意外。但更讓他震驚的是，小山崩後不久，山崩地點附近的樹居然開始沿著某個方向倒下。

絕對出什麼大事了。艾倫心中一個咯登，沒記錯的話，那個位置是……

『小雛、天烈，你們那邊的情況還好嗎？』

艾倫覺得這不算指揮，於是只讓雛菊與天烈聽見這句心靈溝通。

『艾倫哥……現在的情況很難解釋……』

聽雛菊焦急的語氣，艾倫心中大嘆不好。雛菊與天烈那邊是採取消極策略。目前最大的可能性是，那兩個不小心被捲進北區的戰鬥裡了……

『不管什麼狀況，盡量逃離中心到新的躲藏點。如果是大規模戰鬥的話，就用天芯上次教我們的隱身術——』

『……啊？』

在艾倫遠眺北區搜尋適合的藏匿點時，天烈的心靈溝通闖了進來。

『其實不是你想的那樣……現在那些樹跟土地是以我為中心在倒塌……』

連平時鎮靜到無懈可擊的艾倫，在聽了天烈的說法後，都發出驚愕的嘆問。

『一時很難解釋，但我有方法自保……不會有立即危險。』

天烈的語氣沒有雛菊那麼驚慌，這讓艾倫放心了一點點。

雖然心中還充滿疑惑，但他立即整理一下思緒，下新的指示。

『小雛，你那邊的防護咒還有幾張？』

『剛剛用掉了一些……但手上還有將近二十張。』

這次為了保住天烈，雛菊是發了狠的寫防護咒，只是從沒想到會用在這麼奇怪的地方。

『妳省著點用，然後往南方平地前進。我現在開始慢慢接近你們。』

『還是先別吧！你會被我波及的……』

天烈的警語被艾倫柔聲打斷，『我自己會小心。你們再撐一下，場地出這麼大亂子，主辦是不可能放著不管的。』

艾倫的指示停在此處，天烈與雛菊便依照計畫轉往南方。

有著羅諾亞視力與防護的加持，天烈拉著雛菊閃躲的情況還算順利，而雛菊也時不時把攻擊符咒與防護咒交錯使用，一面抵擋上頭壓下的落石、樹幹，一面炸毀前方的障礙物開路。

他們奔逃同時，突然崩毀的自然景物似乎順勢帶走了不少參賽者。能從眼角餘光瞥見近處或遠處的紅光閃動，但天烈與雛菊光自保都來不及，根本沒去細數。

該慶幸現在沒有罹魍來亂嗎……？天烈一邊閃躲，一邊暗想。

賽場的清靜事先經過嚴密審查，週遭也佈上了防護用的法陣。雖然要是罹魍真的要進來，人們還是無法完全阻止，但至少會發出警告，讓主辦與參賽者緊急應對。

『現在應該不會放出罹魍。對方大概是打算把你弄傷或困住之後，再使喚罹魍攻擊。』羅諾亞與天烈心意相通，在明白天烈的心思後，友善提醒。

『羅諾亞，你之前說過，這是黃泉在與我為敵，對吧？』截至目前朝他們發動攻擊的，確實都是來自黃泉這片土地上的自然物。天烈想起自己以前也經歷過類似的事情，『我之前每上一棵樹就會倒一棵樹……難道也是因為這樣？』

『是。可惜我那時候被封印著，還沒有足夠的力量給你防護，所以只能眼睜睜看著你受傷。』羅諾亞哀怨道，『但這次不會了。就算狩那傢伙不在，我也不會讓祂們得逞的。』

『阿狩？這跟他有什麼關係？』

『天烈沒發現嗎？只要他在你附近，神的影響就會消失。』羅諾亞理所當然道，『雖然我也不知道為什麼會這樣，但我能感受到神息所以敢肯定，黃泉的神一直在刻意迴避他。』

「呀！烈烈小心……！」

剛剛顧著跟羅諾亞私談的關係，天烈一時忽略迎面而來的巨大枝幹。雛菊將天烈壓倒在地，即刻扔了三張結實的防護咒擋下襲擊，但一刻的停滯，讓附近的大自然有機會一舉攻上，樹木在他們周圍倒了一圈，彷彿大型囚籠。

好死不死，在他們受困後不久，面前突然多了兩組人馬。

「切……才兩個人。」

似乎是聯合行動的隊伍，在看見北邊的騷動後，準備到災難現場找人補刀。

雛菊聽聞人聲立刻張開防護罩，但外面的人文風不動，還一臉戲謔的調侃，「就等你們符咒用完。還是你們現在就自己了斷一下，回治療區休息比較乾脆？」

外頭人馬已經在樹幹周圍站定，要是裡頭的人還想做垂死掙扎，他們便一舉將其拿下。

『要是我們現在脫離防護罩用隱身術，有機會逃掉嗎？』

天烈心音一到，雛菊便輕輕搖頭，『沒用的。就算隱身，他們也會立刻朝整個被圍住的區域攻擊，我們在逃出籠子前就會陣亡了。』

聽了雛菊的說法，羅諾亞在天烈額上瞇起眼，帶點高傲的稚嫩心音隨之傳出，『天烈可以逃出去。區區人類的攻擊，我的護法不至於擋不住。』

這句話明顯是對雛菊說，聽口氣就知道。

『咦？原來小眼睛會說話嗎？聲音好可愛……』第一次聽見羅諾亞的心音，雛菊心中充滿好奇。可惜現在情況緊急，讓她沒機會多多認識它，『那你能擋住多強的攻擊呢？』

雛菊發問的同時，又朝外補了幾張防護咒，但外頭守備的人絲毫沒有提升戒心，看著符咒一張張消耗，他們反而樂得很。

『你們全陣亡了，他還是能活著。』

羅諾亞答得斬釘截鐵，但立刻被天烈柔聲反駁，『但是羅諾亞，我不可能丟下雛菊——』

『丟下我吧！烈烈，你忘了艾倫哥賽前的指示嗎？』雛菊認真的臉龐流露出意外欣喜，『太好了……原先還以為真的走到絕境。現在可以反將他們一軍。』

『雛菊！』

『沒時間猶豫了，趁現在他們還沒有戒心。來，你拿著這個，我已經注好符力了，等我攻擊完你再大喊水滴咒，然後往天空扔。』雛菊塞了幾張泛著藍光的符紙到天烈手中，然後掏出身上所有的爆裂咒與火炎咒，『小眼睛，你要保護好烈烈噢！』

『那還用說。』

羅諾亞的保證讓雛菊嫣然一笑，傾注符力的同時，她向全隊送出心靈溝通。

『大家，這裡是雛菊。抱歉先走一步了，烈烈會持續往南邊前進，請艾倫哥加快速度與他會合。』

『但好消息是，這一波我能帶走十個。』

雛菊心音一出，便以自身為中心，炸出一朵朵燦美的火焰之花。

傾盡符力的爆裂咒與火炎咒的相互催化，加上雛菊繪製精良的符咒，讓周遭立刻陷入一片火海。

瞬間變得灼燙的空氣與撲面的濃煙，讓天烈閉起肉眼。近身爆炸的衝擊將他向後吹飛，雖然還是有高溫難耐的感受，但羅諾亞在他身上張開的護體屏障，還真的讓他免於燒傷。

身為攻擊中心的雛菊自然已經被炸出場外，現在天烈所見的是羅諾亞掃視周遭的景象，儘管充斥大片火光與濃煙，羅諾亞的視力依然清晰。

『哇……還真被她燒光了。』羅諾亞語帶讚賞，但比起驚嘆雛菊的符力，祂更擔心天烈的身體狀況。雖能保証天烈不受重傷，但祂自知力量有限，無法做出最完美的防護，『好了天烈，快滅火吧。燒疼就不好了。』

「水滴咒！」

天烈清脆的喊聲與數張水色的符咒一起劃破濃煙。

受到催動的符紙在空中散開，化為點點水滴，彷彿落雨。

火勢與濃煙被水滴澆熄，天烈在變得濕潤的空氣中呆立了一陣子。明明知道雛菊是被轉送回治療區，但情感上的衝擊還是比想像中大……

『小雛已經圓滿達成任務了。天烈繼續往南方前進，你貼著灌木林走，能的話用隱身術避禍。』

艾倫溫和的心音傳了進來，他明白天烈的柔軟心腸，於是趕緊送上鼓勵。

『了解。抵達後馬上跟你聯繫。』

天烈馬上提振精神回應了艾倫，此時，他發覺羅諾亞的屏障已經悄悄撤下，連忙關心道，『羅諾亞，這段時間你耗損了不少，要不要先縮回去了？剩下我試著自己想辦法……』

『怎麼可能現在回去！只剩我能保護你了啊！』羅諾亞用力眨眼幾下以示抗議，『而且你不想讓天芯跟狩知道神在追殺你的事吧？不告訴他們也沒差，你高興做什麼就做什麼吧！我能保住你的。』

雖然告知天芯與狩或直接把天烈送出場外，都比放他自己逞強來得安全，但羅諾亞還是打算陪著天烈撐到底——因為祂實在不想看天烈為了這種事自責難過。

而聽了羅諾亞信誓旦旦的發言，天烈忽然有種自己要被慣壞的感覺。他輕輕碰了碰額上的小眼睛，柔聲提議，「那你先別張保護罩了，我試試看隱身術。」

他不知道隱身術是不是瞞得過黃泉的神明，但至少能讓他不像剛剛一樣，當著敵人的面受困。

當他竄入通往南方的灌木林，正好聽見賽場中的大會廣播響起：

「大會報告！目前場內剩下最後十隊，共計三十八人。而目前收到北方戰區坍方的反應，主辦已經派人處理，有意利用地形戰的選手，請把握時間……」

◆◇

當大會廣播傳遍全場，天芯正從暗處把一名選手磨出場外。

為了掩人耳目，她捨棄平時絢麗的打法，改用比較小而雜的攻擊，在別人的混戰中邊換躲藏點邊放招，像溫水煮青蛙一樣把人給滅了。

這樣不乾不脆的放招雖然也讓她帶走不少人，但天芯打得那叫一個憋屈。好不容易等到了這個廣播，她整個人又精神了起來。

不過後面那個場地坍方是什麼意思……？

從廣播聽來，主辦沒有打算因為場地意外而另設計分方案。但賽前契約中本來就包含地形戰的部分，所以就算是受到此次自然災害波及而出局，也只能怪自己無法順利逃生了。

北方不就是哥哥跟小雛蹲的點嗎？難道剛剛小雛是為了這個犧牲了？跟艾倫會合前他一個人會不會有事啊……

「啊啊！急死人了！」

天芯焦躁的嘆聲隱沒在周遭的混亂當中。知道自己是最後十隊後，還在打混戰的幾個人突然士氣大增，急切的想把眼前敵人一舉剿滅。

可惜，準備放手一搏的他們沒有料到，戰場旁邊躲了一隻焦躁度破表的天芯。

在三隊人馬猝不及防的時候，天芯迅速翻上旁邊的大樹，朝場中射出數道符咒猛攻。在底下陷入混亂的同時，她先用高密度的符咒連擊秒了第三隊的法師，然後躍上旁邊一顆更高的樹，啟唇唸咒。

高速高質量的咒文被天芯悅耳的嗓音流暢誦出，下方群眾好不容易找著了天芯隱匿在枝葉中的嬌小身影，卻來不及阻止她把咒唸完。

於是，大範圍的攻擊咒陣在空中浮現，範圍下的所有人全被送出場外。

這一波好像太刷存在感……算了！現在已是下一步戰術的時機，她不必再躲躲藏藏。

這麼想著的時候，天芯對狩拋出了心靈溝通，『狩，我們該會合了。但我不知道我在哪。』

『沒關係。其實就在附近。剛剛妳提早解禁了，對吧？現在空氣中全是妳的法力與氣息。』

狩溫和的心音傳來，天芯挑眉竄進一處隱密的樹叢中，揶揄道，『那我在原地等你。你的感知還是一樣敏銳得噁心呢！』她猶豫了一下，最終還是補問一句，『對了，你可以感知一下哥哥現在——』

『天烈現在沒事。而且我也感知到羅諾亞的力量。』

「……。」狩的秒答讓天芯無言了一下……原先想說趁會合的空檔偷偷關注，沒想到那傢伙一直在分心啊！

『好過分！我那麼努力的忍耐耶！』

『抱歉，我果然還是無法克制……』

『算了，知道他沒事就好。總之你快過來吧！』

◆◇

天烈在灌木林中靈巧的穿梭，他時不時得閃避突然折斷或倒下的小樹叢及斷枝殘葉，但移動得還算順利。

艾倫要他貼著灌木叢走是對的……這邊的植物就算成為阻礙也不至於讓他受重傷。天烈一邊暗自慶幸羅諾亞暫時不必為他耗能開屏障，一邊加速往目的地移動。

當他終於穿出樹林，看到南面是一片平坦的時候，只覺發自肺腑的感動。

南方平地似乎剛完成一場大戰，打鬥過後的狼藉還在，但已經沒剩下幾個人，而僅存的選手現在也是準備換點的狀態。

天烈保留隱身術，確定視野中的選手陸續躲進叢林後，便小心翼翼往平地移動。

平原地區總不會有什麼禍害了吧？天烈才冒出念頭，腳下的土地就像是專門打他臉一樣的突然一鬆……

「唔！？」

他驚呼一聲，落入了以他為中心、突然出現的深坑。

連這樣也可以嗎……天烈欲哭無淚。也是啦，在森林裡能搞點土石流、讓樹林倒塌，在平地挖個洞對神明大人來說絕非難事。

『嘖，真是死纏爛打的傢伙。』羅諾亞憤恨的咒罵一聲。土地塌陷的霎那祂早就張好防護，但眼下一個這麼深的坑，想到天烈要靠那細成竹竿的手腳獨自爬出去，羅諾亞只恨自己的力量還不夠讓天烈長出三頭六臂。

跌坐在坑底仰視遙遠的穹頂，天烈也感到一陣頭大。眼下雖然只得靠自己，但他覺得還是有義務把現況告知艾倫，『艾倫，我到了，但跌進了坑裡。我會在被人發現前想辦法自己出來……』

『啊……那個洞原來就是你嗎？我人在樹上移動，只能看到南區有個很深的坑洞。總之你先檢查一下自己的隱身術，我快到了，不用勉強自己硬是爬出來。』

聽了艾倫的警告，天烈才發現他不怎麼熟練的術法確實在摔落坑底的一陣折騰下失效了。

正逢他想重新施術的當下，洞口好死不死傳來蹬音。

羅諾亞感覺到有人接近便戒備的縮了回去。剛剛情非得已已經讓一些外人見過了，但為了天烈的安全，祂尚不想讓太多人知道祂的存在。而天烈自知來不及隱身，便放棄施術摸往裝有自保用小武器的暗袋。

「呦呵！終於找到你啦天烈～葛格遵守約定來看你嘍！」

隨之而來的清朗話音，讓天烈頓時錯愕到忘了呼吸。

爽朗哥？他怎麼會出現在這兒？

一身潔白的信鴿沐浴著陽光出現在他眼前，天烈看得兩眼發直，傻眼到擠不出一個字來。

「你現在看起來像是受困陷阱中的小白兔一樣惹人憐愛呢！哥拉你一把好不好？」

爽朗哥在洞口繼續他的油腔滑調，看他一副要出手的樣子，天烈趕緊拉開嗓子喊停，「等等！別幫我！被不是參賽者的人幫助像是在作弊一樣……咳呃，不對，你為什麼會出現在這裡？」

「哎，這麼正直？明明都自身難保了。」爽朗哥被天烈逗得不亦樂乎，他爽快的收回援助之手，但完全沒有要離去的意思，「至於我為什麼會在這裡……雖然很想說我真的翹班來看看你，但其實是上頭突然交代了緊急任務，要我送個東西給你喔！」

「……哈？」

看著爽朗哥掏出一個小型包裹，天烈整個人都糊塗了。

「北面的坍塌。王城派來的使者得知後，說他會負責處理。於是，他委託給我這個臨時任務。然後我就來送件啦！」爽朗哥輕鬆愉悅，彷彿一切的異象理所當然，「看你的表情一定是在想為何找我，對吧？不瞞你說，哥是菁英！這種又突然又緊急的任務，大家最喜歡讓我去了～」

「……。」這傢伙真是一如既往的自戀。天烈勉強忍住吐槽他的衝動，癟著臉問，「你們是怎麼找到我的？」

太奇怪了！他從來不認識什麼王城使者。況且對方還知道他與北面坍塌的事故直接相關，讓他實在很難把事情往單純的方面想。

「當然是靠錄像球啊！咦你不會不知道比賽是有對外轉播的吧？看看天上。」

天烈順著爽朗哥的話仰頭一看，果真看到天空中飄了一些亮亮的球體。說實話，剛剛忙著在地上奔波逃竄，他還真沒注意到這些球其實一直在上空盤旋。

如果是靠畫面找到人，那確實挺直觀的……雖然那什麼王城使者還是令人在意，但這個答案還是讓人放心一點。

「唔，不過這樣就有點麻煩了。這東西是要簽收的。但你又不肯讓我幫你爬上來……」爽朗哥浮誇的歪頭表示煩惱，但即刻畫風一轉，露出燦爛笑容，「不然這樣！我下去吧！」

「不、不……我盡快想辦法上去就是了！你別跟著下來！」天烈忍不住倒抽一口涼氣……他死也不要跟這傢伙一起擠在狹窄的坑洞裡！

「哈哈～不逗你了。總之我先把東西扔下去給你。等你的好伙伴來把你救出來，我再跟你簽收噢！」說著，爽朗哥咻的把小包裹扔進洞裡，天烈接過後拆開來看，發現是一顆手掌大小的黃色寶石。

『……！？這是……？』觸碰到寶石的剎那，羅諾亞驚愕的心音隨之爆出。見祂反應激動，天烈警戒的揉了揉掌中的寶石問，『這東西怎麼了嗎？』

『是能保護你的好東西。天烈，你貼身收著。石頭有著與現在傷害你的神相剋的力量。有了它，剛剛的意外應該就暫時不會發生。』羅諾亞柔聲催促，但祂出現了新的疑惑，『但為什麼呢……我一直以為祂們兩個是……』

「記得收好噢天烈～使者先生要我轉告你，這東西你得隨身帶著。」爽朗哥也立即傳達了與羅諾亞相似的忠告，當天烈照做時，又聽見爽朗哥輕快的補充了句，「還有啊，在你簽收前，哥是不會走的。」

「你還是先去避一避吧。現在還在比賽中，恐怕……」

「信鴿怎麼會出現在這兒？」

……果然。這麼大動靜，絕對會被其他埋伏的參賽者注意到。天烈從暗袋裡掏出防身小武器，想著現在能撐多久撐多久，只盼艾倫能盡快趕到了。

雖然爽朗哥沒套手環、身上的制服也應該足以讓其他參賽者辨認，但天烈還是朝聚過來的幾個人大喊，「信鴿跟比賽沒關係！有什麼攻擊就衝我來吧！」

「哇好感動，這是在維護我嗎？」爽朗哥眨著靈巧的雙眼，揚唇笑道，「不過哥說了，你沒簽收就不會走人。」

他大喇喇的堵在洞口，擺明擋道的模樣。

「各位朋友日安！咱們打個商量好不好？下面的小可愛剛拿了我一個包裹，還沒簽收呢。你們可不可以先到旁邊打打群架，等他被救出來簽收之後再打他？」面對越靠越近的凶神惡煞，爽朗哥不改本色的嘻皮笑臉，「拜託配合一下吧？如果你們願意配合的話，我也不會出手的。」

「那隻信鴿是神經病嗎？」

「不要理他！繼續擋路的話就連他一起打。」

不巧，迎面而來的參賽者似乎不是和平主義。天烈在洞裡看不清他們的職業或武器，只能判斷出對方有三個人。

他替爽朗哥急出一把冷汗。平常都在物流管理處看見信鴿，這群人完全不像是會打架的樣子……正當他這麼想的時候，便目睹其中一個人衝向爽朗哥揮拳的畫面，那人手上的拳套十分堅實，看起來是個拳師。

「喂！別耍帥了快逃啊！」

吶喊的下一秒，天烈就見到爽朗哥靈活一躍，不只躲過拳師的襲擊，還狠狠補了對方一腳。

…………咦？

傻眼的不只洞裡的天烈，被踢倒在地的拳師與其夥伴也一臉錯愕。

「怎麼？小看信鴿了嗎？在外頭護送貨品時碰上的強盜可是比你們凶狠好多好多倍噢。」爽朗哥一邊出言調侃，一邊又閃了幾招，「我們好歹也是賞金獵人呢！小白鴿平常雖然溫溫順順的做服務業，但兇起來可是會吃人的喔。打算妥協了嗎？」

「可惡！一起上！」

「唉。真拿你們沒辦法。」爽朗哥聳肩，打鬥時還不忘對著洞裡哀叫，「天烈～拜託不要討厭我！是他們先干擾我完成任務，跟幫你比賽沒關係～」

「戰鬥時專心啦！見好就收，不要受傷了……」

「太好了。我就知道你果然還是愛我的！」

從來沒愛過好嗎……天烈忍不住翻了三圈白眼。想不到爽朗哥還挺能打的，而且這傢伙居然能在如此緊張的情勢中嘻鬧，某種程度上還真服了他。

爽朗哥與三人組纏鬥不久，天烈就從洞口狹窄的視野看見飛箭從附近的高處射出。射出的箭只有三枝，只見優美的拋物線劃過眼前，下方立即出現三道紅光。

……是艾倫！天烈心中一喜。

「你的好伙伴來了。」在爽朗哥愉悅的聲調中，三道紅光面臨被傳送出局的命運。

「……？為什麼信鴿會出現在這裡？」

艾倫著陸後的第一個問題果然是這個。

「是這樣的，主辦派我給你的伙伴送一個包裹。東西已經給他了，你可以趕緊救他出來簽收嗎？」

「可以代簽嗎？我是他的隊長。救他出來得花點時間，你在這兒待太久不安全。」

「勉強可以吧。反正他們有隊伍名單。請幫我在這邊和這邊簽名，感謝！」

明明是在危險的賽場中，卻被這兩人你一言我一語弄得像在家門口簽收一樣。

「好哩！我交差去了。我們有緣再相見囉~天烈。」

「下次收信再說吧！」

艾倫蹲在洞口俯視天烈困窘的神情，笑問，「這位信鴿跟你是舊識？」

「……算是吧。這次多虧他了。」

「我們也趕快吧。你試著爬上來，我用漂浮咒從旁輔助你。」艾倫唸完咒後，一面控制咒術一面致歉，「抱歉，術法並非我的強項，所以無法直接讓你浮出來。」

「不要緊，這樣爬起來不費力。」天烈趕緊脫逃出洞，「我們現在要去跟阿狩和天芯會合了吧？」

「是啊。剛剛從上頭觀察，人數也差不多了。」

艾倫說完，大會廣播就再次震動了整個會場。

「大會報告！目前場中剩下最後三支隊伍，總共是：穿越者聯盟一小隊三人、穿越者聯盟二小隊兩人，於今為烈小隊四人。最終決戰即將展開！」

「最後的對手果然是他們……」埋伏在狙擊點的恩浩早有預料，他環顧全場，旋即指揮道，『全員在東側集合。剛剛對手往那裡去了，避開他們從外側包抄。』

目前於今為烈小隊看似佔了人數優勢，但他們穿盟始終是兩小隊當一大隊用，十人彼此照應，加上明確而統一的策略指示，讓他們在群眾的圍剿下還是留到最後。

儘管盟主親自下場，但他們並非受盟主指示。從頭到尾指揮穿盟的大隊長，正是崔恩浩。

恩浩提起狙擊槍，自己也往東側接近。雖說他的射程很遠，但為了照應其他的隊友，他寧可把距離拉近一些。

移動同時，他朝隊上的王牌發出心靈溝通，『盟主大人，現在您可以移駕到決戰點了。』

◆◇

當天芯與狩抵達賽場東側的小空地，立刻背靠背擺出迎擊架式。

「別藏啦！我們早發現了。」天芯朝四周樹林放聲宣告，「三個人。崔恩浩跟盟主還在遠處。藏住氣息也沒用喔，我們家主將可是連小螞蟻爬過去都能清晰感知呢！」

『天芯……妳誇大了。』

『阿呆，這也是戰術的一環啊。』

天芯的激將果然奏效，沒幾下功夫，人小氣勢高的穿盟死神就率先竄了出來。

「把你們兩個剿滅，比賽就結束了。」亞矢神情冷冽的揮刀，氣勢凌人。

『死神果然站出來了。天芯，一個人能應付吧？』此時，艾倫的心音傳來。

『當然。』

天芯回應同時，亞矢已經殺了過來，她拂塵一振，砸出一個防護咒接下第一波猛攻。

『死神肯定會把自己當棄子。他們的目的是留下兩隊的人，所以現在她會拚上一切削弱你們兩個。穿盟的治療在二隊，身邊一定會配一個打手。這兩個一定在藏匿下了功夫，狩，就交給你了。』

『了解。』

『目標是先剿滅二隊，這樣名額就是我們的了。』

狩接到指令，便閃身脫出防護範圍，但亞矢的大鐮刀立刻追上。

「一個也別想逃！」

狩一個下腰勉強躲過，但亞矢刀下不打算留人，緊接下一道斬擊——

鏘——！

鏗鏘的金屬碰撞聲之下，只見天芯拋出的拂塵準確將鐮刀架開，然後像牽了繩一樣滑回天芯手中。

狩已經趁此空檔成功脫戰，他迅疾的跑速再次讓亞矢一陣扼腕。

「妳也是共體……？」

看拂塵離手還能操縱自如的態勢，除了分享主人力量的共體武器，沒別的方法能做到。

「我『也』是……？難不成妳……」

「某次沒保護好盟主大人，還受了重傷，我便用當時磨下的骨粉重鑄武器……」亞矢緊握鐮刀，噙著令人發寒的笑，「不只武器得到強化，戰鬥時的輕微疼痛感，還能時時提醒我不能再犯那樣愚蠢的錯誤……」

「我可沒妳這麼瘋。頭髮打起人來一點感覺也沒有！」天芯笑著順了順拂塵的黑毛，旋即射出數道爆裂咒，「不如我幫妳把這大鐮刀毀了，妳重打一把不會痛的武器吧！」

爆裂咒如預期的被亞矢揮開，但天芯要的本就不是攻擊本身，而是爆炸激起的沙塵。

她趁著塵土瀰漫施展最擅長的隱身術，當亞矢的視野恢復清淨，早就不見天芯人影。

「哼……所以我才討厭玩術法的。」

◆◇

二隊確實在藏匿上下了功夫，就連感知極度敏銳的狩，都找了一陣子。

最後，他終於在幾叢隱密的小樹旁確認兩人的行蹤。

除了施加隱身術，還有重重防護……視覺上，狩所處之地空無一物，但早就習慣不依靠視覺戰鬥的他，絕不會受眼前景象的干擾。

術法製成的防護靠重擊就能使其失效，狩沒有經過太多思考，便依野性直覺衝了過去。

防護很快就遭到擊破，穿盟二隊的治療與打手就這麼暴露出來。

雖然無論體力或戰鬥技巧，都是狩佔了絕對上風，但每當狩攻擊得手，對手身邊的治療就會奶一口，源源不絕的補充，竟也讓戰情陷入膠著。

果然還是得先把治療處理掉……雖然狩早有盤算，但他發現，眼前的打手雖然不強，但跟治療黏得很緊，讓他找不到下手的空隙。

那就只好想辦法把打手驅離了。以他的蠻力，就算眼前的打手身著重裝，應該還是能把他拋出一段距離……狩拿定主意後，正欲動手，忽然感知到來自後上方的濃烈殺氣。

本能讓他停止攻擊側身閃躲，隨即劃過身邊的術法彈讓他大嘆不妙。

「是恩浩哥……！」

「太好了，我們立刻換點。」

狩才轉往二隊隊員逃竄的方向，從遠處飛來的數顆術法彈便像預測他的行動一般，立刻封住他的去路。

恩浩現在還在遠方，自己已然暴露在他的攻擊範圍。狩知道自己不能轉移目標，不然就順了穿盟的意。

他認為自己的極限速度能與子彈一拚，於是決定冒險，全力追擊。

◆◇

「嘖嘖。穿盟的狙，真是煩人呢……」艾倫仰望術法彈的軌跡，看落點應該是盯上了狩，「還有那個盟主……已經滿場找了，卻完全看不到他的蹤跡。果然不能小看三大勢力的頭領。」

對己方愈趨不利的情勢反而將艾倫逼出了笑容，那笑臉明豔到讓天烈感到一陣惡寒。

「看來不處理一下崔恩浩我們無法突破。天烈，雖然跟原先計畫的不同，但現在恐怕只能讓你自己過去了。」

「你趕緊去。對了，我先給你……」

「別治療我，浪費。」艾倫伸手按住天烈正欲唸咒的唇，「對付崔恩浩，這些體力就夠了。你把力氣留給狩跟天芯。然後千萬小心穿盟盟主，目前真的不知道他留有哪一手。」

「好。」

艾倫知道，自己去這一趟之後，就不會再回歸賽場了。

對付穿盟的主力，他能想到的方法只有玉石俱焚。但臨去前，他不忘以隊長身分下最後一道指示，『計畫改變。我即刻轉向崔恩浩。狩，天芯，你們解禁了。』

『什麼意思？』

狩與天芯陷入狐疑，目前這兩個人應該都在膠著戰，所以心音不太穩當。

『天烈現在要獨自前往決戰場地，你們可別讓他還沒給你們治療就得出場了。』

『……！我知道了。』

『哥哥你等我！我料理完死神就去找你……！』

主將明顯轉為高昂的士氣，讓艾倫滿意的揚起嘴角。

早就沒打算讓你們整場放生天烈。賽前不斷強調是為了增加那兩個人壓力，施壓越重，在釋放的時候就會格外激昂。原先他是打算等自己亮紅燈時下這道指示，只可惜竟被迫提前了這麼多。

命令結束，艾倫攀上視線所及最高的一棵樹。

「雖然沒能比你遠，但我有自信比你更高喔……」他俯視整個會場，果真在下方的森林看清術法彈的源頭。

找到你了。

此時，艾倫．夏普彷彿一隻盯上獵物的雄鷹，眼裡閃著銳利的光芒。

弓箭手的視力不容小覷，接近同時，他已經精確找出恩浩藏匿的樹木。

恩浩目前正專心與狩對峙，根本沒注意到艾倫的到來。狩逆天的跑速把他逼得很緊，稍有一點閃失，很有可能就讓對手成功脫戰。

近身的機會只有一瞬間……艾倫先是讓自己回到與恩浩相同的高度，朝他射出三枝箭。

恩浩意識到突襲的時候，已是箭在弦上的時刻，他勉強閃過了兩枝，但還是讓其中一枝擦到了肩膀。

但他立刻換上一把射程較近的手槍，往艾倫射箭的方向開火。

他知道對方一定換了位置，所以沒有熄火，忍著肩傷的疼痛掏出另一把手槍，雙槍朝四周射了一圈。

弓箭手能抵達的高度恩浩自然概念清晰，他對艾倫早有防備，知道自己進入對方的攻擊範圍後，便拿出相應的配套方案。

只是他沒料到，這個弓箭手會從那麼高的地方從天而降——

——而且還是掉在自己的面前。

「……？！」無暇想太多的恩浩立刻朝艾倫開槍，而對方沒有閃躲，用肉身吃下一枚術法彈。是以為自己專精遠程狙擊，沒有攜帶短程的槍枝嗎？恩浩一邊感嘆新手的單純一邊扣下板機，卻發現槍中沒有子彈了。

「我可是算過了才跳下來的。」艾倫的傷口正湧出鮮血，手環也發出腥紅亮光，他舉足把恩浩的狙擊槍踢下樹，然後看著恩浩扔下來不及換彈的手槍。

恩浩輕喘一聲，搖頭而笑。看來確實小看了這位初級勇者，但眼下距離無法射箭，對方還受了這麼重的傷，就算必須進行不擅長的肉搏戰，他也有把握打贏。

艾倫在處理完槍枝後立即下樹。恩浩速速追了上去，並訝異的發現對方正對著他拉弓。

開什麼玩笑？這點距離？恩浩加快速度，艾倫近距朝他射出了一箭，但被他閃開。

他不畏懼眼前的利箭，因為他知道只要近身，艾倫就玩完了。

恩浩閃躲過後立刻起身加速，一個箭步撲跳上去，只見眼前的弓箭手早就拋下弓箭，轉而握住預藏在袖中的暗器匕首。

糟！射箭只是佯攻……？當他意識到這件事的時候，一切已經太晚了。

「感謝你的速度，不然以我現在的力氣，還插不進那麼深呢。」

灌注滅屬性法術的刀身進入恩浩的要害，讓他的手環瞬間爆出紅光。

恩浩還來不及反應，下一個瞬間，艾倫拔刀，兩名隊長一起被送出場外。

◆◇

少了恩浩的干擾，多了守護天烈的使命感，狩很快將二隊剿滅，並對天烈拋出心靈溝通，『我感知到你了。立刻過去。』

『我在天芯附近……目前亞矢正在與她對打，但不見盟主蹤影。你小心點。』

雖然天芯有隱身術屏障，但動作的聲響與一草一木被踏過時的變化，亞矢並無漏看。

她的伙伴大多擅於術法，雖然她本人是肉搏派，但與他們搭久了，自然明白這些小弱點。加上天芯的攻勢一向氣勢磅礡，根本無法完全隱藏她的位置，於是隱身術對亞矢來說雖是麻煩，卻不至造成大礙。

『打這麼浮誇就別隱身……妳哥還得治療妳，少浪費我們力氣！』羅諾亞儘管不耐，卻自動浮出來撐開眼睛。隱身術在神的眼中無所遁形，天烈透過羅諾亞看見天芯打得氣喘吁吁，但狀況還是比亞矢好得多。

『繼續靠隱身術可以在哥哥治療我之前磨死她。還用不上祢！』天芯沒好氣的用心音回嗆，同時又是一連串強烈攻擊。這一波下來，亞矢的手環終於開始閃爍紅光。

『妳是打到腦子壞掉了嗎！妳現在最該防的不是那個女生——』

羅諾亞還沒教訓完，就目睹天芯腳下亮起一個繁複的法陣，天芯還來不及反應，法陣就華麗自爆了。

「……天芯！」

天烈看著天芯勉強逃出一個法陣後，腳下又亮起新的陣型，像是被料中路徑一般，等她終於逃出龐大的布陣，不只隱身術失效，連手環也亮起紅光。

「辛苦了，亞矢。」

「盟主大人！」

手持法杖的穿盟盟主望著亞矢手上一閃一閃的紅光，露出心疼的笑。但死神眼裡一片赤誠，完全不把自己的傷勢當一回事。

趁盟主與亞矢對話的空檔，天烈已經唸完初階治癒術的咒語朝天芯射去，然而，盟主法杖一揮，治癒光束馬上被術法影響而射偏。

「咒語唸得太大聲，暴露自己的位置了。」盟主朝天烈又是一擊，但被天芯竄出擋了下來。

而這時，天烈趕緊給天芯補了一個比初階治癒術低階的迷你治癒術，它的咒語極短，能爭取時間，但治癒的量連塞牙縫都不夠——然而，那是一般治療使用的情形。

憑著天賦優勢，天烈一邊走位，一邊對天芯施加了好幾個迷你治癒術，硬是讓她的手環停止發光。

「你們家二隊剛被我們滅了。未來合作愉快囉，盟主大人。」

雖然剛剛被打得有些狼狽，但對總目的來說，於今為烈小隊已經拿下勝利了。

「我深感遺憾。但尊重你們靠實力做出的選擇。」盟主露出無奈的笑，「不過，因為很不甘心，所以我們還是得撒個氣，拿下冠軍才行。」──

「盟主大人，馮天芯交給我來對付，他們還有……」

「來了。」穿盟盟主低喝一聲，他回身揮動法杖，後方法陣倏的亮起，形成一道牢籠。

「嘖……逃掉了嗎？居然快過法陣的速度……」

盟主分心於狩的剎那，天芯立刻朝他一個暴衝，但亞矢立刻竄至盟主身前，擋下天芯的攻擊。

盟主的到來使亞矢鬥志高昂，鐮刀的揮斬又快又急，每一下卻都精準無比。

天芯勉強吃下攻擊，卻也被這幾下砍得直逼血線。見她的紅光再次閃爍，天烈再度唸咒，這次雖然聲音被打鬥聲掩蓋，但治癒光束射出後，還是受盟主預先布好的咒陣干擾而偏離軌道。

太強了……天烈不禁驚嘆。

這是戰術上的強大，現在整個決戰場地儼然在他的掌握之中。穿盟盟主直至最後一刻才毫髮無傷的現身，還使用明顯需要費時準備的招式。他之前究竟是藏在哪裡避戰？究竟是何時開始布下陷阱？這些都無人知曉。

狩總算在盟主的陷阱下被迫現身，目前也陷入苦戰，而好死不死，天烈的手環開始閃爍紅光。雖然使用治癒術讓削弱體力的現象和緩了不少，但盟主的干擾確實讓天烈超出預期的施咒次數。

時間不多了……他速速衡量兩邊戰況，在兩邊都快速閃動的畫面中，他還是能看出天芯逐漸走入敗象。

雖然盟主本人沒再顧及天芯，但他佈下的陷阱卻陰魂不散，天芯一面與狂暴的死神纏鬥，一面忙著應付盟主的咒陣，跟一挑二沒兩樣。

必須先給天芯治療……多虧天芯的走位閃躲，天烈大致猜出盟主此處的布陣。他估了一下軌道與吟唱的時間，對天芯心靈溝通道，『天芯！往妳的左邊跑！』

聽見哥哥的心音，天芯精神一振立刻照做，亞矢舉起鐮刀追了上去，但趕不上天芯接收迷你治癒術的速度。

紅光依然閃爍，但天芯有了力氣進行全力一擊。

「一起下地獄吧！死神。」

決定放手一搏的天芯笑靨如花，她傾注所有符力，朝地上射出身上所剩的攻擊符咒。

符咒與陷阱術法相互作用，在她與亞矢腳下形成無差別攻擊，而兩個暴力少女，就在這如煙花綻放般的美景中被送出場外。

雖然很想留點時間品味自家妹妹如詩如畫般的離場，但手上的紅光正無情地提醒天烈時光飛逝。

現在狩的戰況危急。儘管他的體能異於常人的好，但好歹也是大戰好幾回合到了最後，與決戰才加入戰局的盟主相比，還是略占下風。

重點是，盟主在此地佈下重重陷阱，儘管敏銳的感知讓狩避開不少，但硬是吃下沒避開的幾波攻擊之後，他的手環竟也亮起紅光。

「真難對付……這些可都是中高階的法陣。」

狩的體力與體術讓盟主嘆為觀止，至今為止，他還沒看過有人能在他精密的算計下如此硬扛。

『阿狩，你先站在那兒別動。』天烈朝狩拋出了心靈溝通。長期與病弱相處，讓他對自己的身體狀況格外了解，他知道自己現在沒時間、也沒體力施展任何治癒術。

於是，他看準盟主出手的時機，脫下手套，往狩的身上撲去。

最後的治療，就用本能上吧……！

盟主的猛攻直接擊中天烈的後背，他吃痛的沉吟一聲，同時嘔出一口液體，鐵鏽般的腥味隨之漫開……不會吧？吐血了？他暈得無法睜眼確認。

快要到極限了……天烈撐著模糊的意識緊擁狩赤裸的上身，盡他所能撫過他能觸碰的每一吋肌膚。當他依稀感到治療生效，總算覺得自己能功成身退。

從天烈衝上來當肉盾、撲抱到他身上的那一刻起，狩一直呈現呆滯狀態；盟主也被突如其來的舉動嚇到，一時沒有出手追擊。

而把狩重新喚回戰場上的，是天烈氣若游絲的心音。

『剩下就交給你了……』

天烈說完這句話，纖瘦的身軀便在狩的懷中消失。方才噴濺在狩身上的鮮血，還殘留著餘溫……

狩彷彿聽見自己理智線斷掉的聲音……然後……他不記得然後。

等他再度回神，發現自己已經被傳回治療區，旁邊是正在接受治療的穿盟盟主。

據在場所有看了轉播的人所說，戰況被以前所未有的速度逆轉。狩那時的戰法無人能以言語確切形容，但這一戰結束之後，於今為烈的無頭戰士有了新的封號：戰神。

戰神的美譽在狩的內心深處勾起一絲熟悉，直覺告訴他這可能跟生前的記憶相關，但眼下對天烈的擔憂遠勝於他追索記憶的渴望。

「別擔心，剛才祭司們給我好幾個高階治癒術，等羅諾亞吃飽後，天芯馬上用轉移幫我治療了。」

回到自家休息區，天烈在歷經轉移的治療後依然虛弱，但外傷已經全數消除。

『下次……別這樣了。』

「對不起。你在那種狀態下戰鬥其實很痛苦吧？雖然你現在好像忘了，但我那時不小心共感到你的心境……」

當時，天烈其實已經意識不清了。

但在迷茫之中，他彷彿做了一場夢。

若虛若實的，他感到自己跪在受盡摧毀的廳堂內。

像是銘刻於腦內的常識一般，他知道原本這個地方應是莊嚴堂皇，卻因為戰事被破壞殆盡、並染上了鮮血。

他懷中抱著一個人，嬌小而纖細的人……天烈看不清那人的長相，只知道自己正緊擁失去意識的他，噙著眼淚。

不對……現在的自己，並非「自己」。

——是阿狩。

他莫名肯定，自己此刻的所見所感，全部來自於狩。

他依稀記得，正當他想對那個幻夢更加深究，就被治療區祭司們的治癒術拉回現實。

接著，他聽見了宣告自己小隊奪得冠軍的廣播聲。

拾貳章　祭前會議

主祭儀式的三十人名額，在生存戰結果公布的那一刻便確定下來。

冒險團公會以聯盟主席為首，帶領星芒、嫣花等九個中型以上公會的會長出席，陣容十分華麗。

賞金獵人以擎天柱作為領導，而這次震驚圈內的大新聞是，退隱已久的鐵血狂刃竟以賞金獵人的身分加入祭儀。但由於本人堅持，並沒有對圈外宣揚。

最讓全民譁然的是最後十人的名單。穿盟首度正式參與變神祭典，一派人士抱持樂觀態度，覺得這樣有助於三大勢力的平衡發展，但始終有人覺得讓帶罪的穿越者加入儀式實為不妥。

陰謀論者看了今年的陣容，開始散播今年主祭儀式一定不單純的言論，而實際上，確實如此。

主祭三十人在儀式前會固定在玄鳥城的變神主殿舉行一場集會。確認正式儀式的事項之虞，也是接受王城款待，報答三十名代表協助祭典的辛勞。

雖是以敵人之名邀約的集會，但為了不讓王城起疑，他們不打算再安排任何密會，而是直接在場確認革命的一切事項。

「討論細項的會議王城不會參與。他們只會在會後確認結果，然後在晚宴上露個臉。」雷奧哈德在會議前一天召集自家五人小隊行前交代，「我們希望在晚宴上讓王城坦承法陣有問題，當天我會親自蒐證，有了證據，才有足夠的立場革命。」

「要他們坦承總得有料可以爆吧？你打算怎麼做？」

「不是已經拜託妳了嗎？」

天芯困窘的嘆了口氣，把當天咒陣的資料扔還給雷奧哈德，「不是很確定……但有幾個地方怪怪的。你們還有其他更專精的人嗎？法陣判讀我學的比較少，媽媽大部分教的是實用技能。」

「放心，法陣穿盟會全力調查，我們只是想多個人核對而已。妳也親自領教過吧？他們家的法陣多可怕。」

「確實噁心。」想起盟主決戰時的天羅地網，天芯不禁打了個寒顫。

「晚宴當下我們會先用口頭試探，如果行不通，不排除動用武力。」雷奧哈德環顧眼前的五人小組，柔聲提醒，「但武器還是不要太張揚得好。」

「那弓箭就不適合帶入場了呢……」艾倫慢悠悠的感嘆。

「講的就是你。那天別帶弓箭，帶腦子去就夠了。」

「是的，會長。」

全隊武器最顯眼的莫過於艾倫。雖然放棄了擅長的弓箭，但他的伙伴們相信，自家隊長光靠腦袋就可以陰死一堆人。

「賞金獵人帶武器進去比較不會讓人起疑。畢竟他們在外頭闖慣了，武器幾乎不離身。」

「還真是分工明確……」

「畢竟不是臨時起意的計劃。」雷奧哈德揚唇道，「況且地點就在玄鳥的祭壇。這座城的主人，就是我星芒公會啊！」

◆◇

集會當天的第一個行程，就是召開祭儀的細項大會。

會議開始前，天烈等人先去跟鐵拐打聲招呼，結果三個都被鐵拐唸了一頓。

「簡直亂來！要不是之前答應幫你們忙，真想把你們全部抓回村子裡！」奪冠固然厲害，但看在身經百戰又做過許多上好兵器的鐵拐眼裡，只想把死小孩通通帶回家重新教育。

「芯芯，在學會怎麼把拂塵當武器之前，妳還是專心讓它當法器吧！妳總用拂塵柄擋刀擋劍，有一天遇到夠強的人，拂塵絕對會斷成兩截。」鐵拐教訓完天芯之後，轉向天烈，「天烈完全沒有技巧可言！你到現在還是全憑天份在幹事。不過我本來就不希望你去打架，所以沒有開發你的必要。」

句句見血的建言讓兩兄妹啞口無言。鐵拐搖頭嘆氣，最後深深望著狩，「小狩……最後很強。我看的時候曾經想過，如果是我站在你對面，大概也不是你的對手。」

「但別再那樣打了。最痛苦的是你自己。」

『……謝謝。』

鐵拐輕輕拍了拍狩的肩膀，然後轉回兩兄妹處，一手一個用力揉著他們的腦袋，「你們都還是孩子，不成熟到了極點！之後出事了就躲我後頭，不要玩命。」

揮別鐵拐後，三人回到會議室的集合點。

作為同一組的十人名單，穿盟的隊伍就坐在旁邊。一見到亞矢，天芯便高興朝她揮手，「小亞矢！休息得還好嗎？」

天芯用的愛稱是穿越者才懂的叫法，亞矢先是愣了一下，而後紅著臉撇過頭，「還可以。」

「都那麼熱烈的打過一架了，實在不想用之前那種生分的稱呼。之後可以都這樣叫妳嗎？」

天芯是打過一架認可了實力就會交上朋友的類型，而亞矢雖然死腦筋，但其實從一開始就沒有討厭他們幾個，只是因為盟主大人的命令而有所執著。

「妳……妳高興就好。」天芯甜美的笑容讓亞矢看了有點害羞，於是把半張臉埋進漆黑的斗篷中遮掩表情。

「真好。大家都變成好朋友了。」恩浩看著亞矢與天芯的互動，深感欣慰。

「是啊，未來還請多關照了。」

艾倫溫暖的嗓音反而讓恩浩打了個冷顫。

或許是生存戰留下的後遺症吧……這位初級勇者的智勇實在帶給他太多震撼，同樣身為遠程與隊伍的指揮者，他能感受到艾倫將來無限的可能性。

「馮天芯，雷奧哈德剛剛讓我看了資料。我們找出的疑點大致吻合，但有幾個地方……」

盟主開口沒有多餘的寒暄便直奔正題，天芯立即進入狀況與他討論了一陣子，直到公會聯盟的主席宣布會議開始。

這次，他也作為會議主席主持現場，首先便是對新鮮出爐的兩支隊伍道賀，也表達對穿盟的歡迎。

可惜盟主不怎麼領情，連氣都沒吭一聲，只是神情冷淡的點頭致意。

「我想，大家都明白我們齊聚在這裡是為了什麼目的。那麼事不宜遲，我們趁早——」

「你們真的確定，要在這個時機點推翻祭儀嗎？」

質疑的問句無禮打斷主席的發言。眾人訝異的朝發言者望去，只見穿盟盟主肅然起身，以鎮定的眼神回應所有人愕然的臉孔。

「怎麼？現在突然想打退堂鼓了？」

坐在主席身邊的雷奧哈德回敬一個問句。在場除了與穿盟交好的他，也沒人敢與性格乖戾的盟主當面對峙。

「不。我在堅定你們的意志。」盟主斬釘截鐵道，「因為我們現在想做的事，不見得會得到黃泉人民的共識。也許做了之後，你們會跟穿盟一起身敗名裂，在最後一刻，我想確認你們有沒有肩膀去承擔？」

「我想，缺乏共識是由於解釋不清。相信我們把遭到洗腦的證據揭露出來，人民會站在我們這邊。」嫣花的會長緩緩開口，「嫣花公會目前就有後天穿越者確實存在。對於為了多數利益，而抹煞少數族群存在事實的行為，公會的整體風向是不平的。」

「況且記憶是我們自己的東西，憑什麼讓別人控管？」賞金獵人的區域也傳出反駁，結束發言後受到不少應和。

「你們有沒有想過，或許你們是因為思想被整理過了，才會如此單純？」盟主再度道出驚人之語，收穫眾人不悅的表情後，他續道，「或許，現在跟大部分的黃泉居民說明你們的理念，他們會被說服。但恢復生前記憶後，他們也許會覺得比起公平與自由，被王城洗腦反而比較好……」

「不會有人這麼想吧？」

「那是因為你們不知道生前的記憶到底是什麼東西。」盟主自嘲式的輕笑一聲，這時，穿盟全員也不約而同露出五味雜陳的神色，「現在的你們，比在人間的時候單純太多了。同時記得人間跟黃泉的穿越者，絕對比你們更了解真正的人類。」

「烈烈……盟主說的是什麼意思？真的會有人覺得失去自由是好事嗎？」雛菊聽到此處，忍不住拉了拉天烈的衣角悄聲詢問。而她純真的問題，讓天烈不禁嘆了口氣，「他說的是事實。自由可能帶來複雜與混亂，有些人不喜歡這樣。」

「穿盟還真是善良。可惜盟主說話不好聽。」天芯環顧四周投向盟主的不悅眼神，覺得自己忍不了，便清了清喉嚨舉手發言。

「我想，各位恐怕誤解穿盟的用意了。整件事情對穿盟而言利大於弊，雖然後天穿越者的出現可能一時造成恐慌，但隨著穿越者越來越多，改善歧視的機會絕對比現在要大。」

「然而，排除自己艱辛的立場，他們確實覺得現在的黃泉比人間更少紛爭。若讓更多人恢復記憶，意味著黃泉的人性會越來越複雜，而這真的是你們想要的世界嗎？不要做了之後才後悔。

穿盟大約是這個意思吧？」

盟主偏頭望了天芯半晌，而後靜靜頷首。

「我想，大家在做決定前並非沒有考慮過。」聯盟主席終於再度開口，「但無論如何，恢復記憶是正常現象，不該被加上無謂的罪名。再者，生而為人，就該保有記憶的權利。記憶被公權力刻意改造隱藏，就算有任何冠冕堂皇的理由，對人民還是一種剝奪。」

「你……喜歡現在的自己嗎？」

「怎麼突然這麼問？」盟主難得對自己多說第二句話，讓主席有些意外，他思考了一陣，誠懇道，「我很滿意自己的現況。但這跟我們討論的事情有什麼關係？」

「當然有關。若你恢復記憶後，發現你生前不是像現在這樣的人，或許帶有缺陷、心懷創傷、做過讓自己或他人痛苦的事情……當這樣的情形發生，你會不會想再次依靠法陣失去記憶？」

「我沒辦法回應你的問題，畢竟我沒有恢復生前的記憶。」主席據實以告，但話鋒一轉，對著全場強調，「但是，我們不該為了害怕改變而對公平正義視若無睹，我是這麼深信的。」

主席一番話獲得了廣大支持，在一片叫好中，盟主坐回位置低聲喃喃，「如果……你真的這麼想的話就好。」

他的囈語隱沒在掌聲中，主席在讓現場恢復安靜後，朗聲道，「不過，穿盟的說法確實讓我們對此次行動的結果有更深的思考。因此我提議，等一下加入配套措施的討論——」

「主席，緊急狀況。」

好不容易才要進行下去的會議，又被突然跑到主席臺的工作人員打斷。

聽了工作人員的私語，主席臉色一變，趕緊對著場內宣布，「王城使者突然來訪，先暫停會議，進入休息時間。大家隨便找些話題聊聊，自然表現。」

「怎麼突然之間……難道消息走漏了嗎？」

「不一定。只能先讓他進來了。」

王城的使者？聽到這個職稱，天烈登時心跳加速，而見到使者本人的當下，他的心跳更是嚇漏了拍。

這名使者他見過。

是在花都祭壇襲擊他的面具男……

「不用為了我特意暫停，你們可以繼續。」被面具扭曲的低沉嗓音帶著笑意。

「您誤會了，是討論有點膠著，我們剛好進入休息時間。」主席不卑不亢，卻十分有禮，「您特意來到這兒撲了空也不好意思，還是我們提前開始？」

「各位儘管按照原本的行程，是我來得突然。今年陛下因身體微恙，無法出席祭典，於是派我代理。」使者對場內行了個禮，「因為是第一次，所以想提前來了解狀況。還請代表們見諒。」

「您打算與會嗎？」

「倒也不用。休息時間也好，方便跟代表們聊聊。」使者的態度輕鬆，但絲毫不失威儀，「剛剛說陷入膠著了，對吧？有什麼我能幫上忙的地方？」

『天芯，把那個拿出來。』

雷奧哈德的心音傳來，天芯心頭一震，連忙確認，『現在？你確定？』

『局部公開我們的情報沒關係，現在臨時亂編很容易出現破綻。我這邊也會預備提前蒐證。』

『……了解。』

局部公開嗎……但也要適量才行。畢竟時機未到，公開太多會變成消息走漏，但如果問起細節時講得不明不白，也會讓人起疑。

「真是丟給我一個大難題呢，雷奧……」天芯咬牙拿起手邊的資料，抽掉其中幾張之後，走向王城使者。

「在看法陣的圖形時，有些不解的地方。據我所知，法陣是由王城提供的吧？」

「於今為烈，馮天芯？」雖然看不見使者的表情，但能聽出他在見了天芯後心情不錯，「生存戰打得很精彩，值得嘉許。」

「能被使者大人記住姓名，深感榮幸。」

使者接過天芯的遞上資料，翻閱後問道，「妳覺得哪裡有不妥？」

「巨型法陣的主要目的是祭祀罹魍為主，但其中這部分的法陣，施術對象看起來像是人……」

「不愧是法術高手。」使者脫口而出後停頓了一下，隨之補充，「生存戰時，就注意到妳的術法造詣頗高。」

「不敢當。」

「不過，也許穿盟的盟主大人會對這個問題持有看法？在整場競技裡頭，術法表現最精采的莫過於他。」

使者領著天芯走回穿盟與天烈等人身邊，被點名的盟主冷冷看了使者一眼，直言道，「我看到的問題跟馮天芯差不多。希望您能給點解釋。」

「既然是要安撫罹魍、保護人民，那自然有些法術必須施加在人民身上。我以為這種事天經地義，沒什麼好疑惑的。」

但這些法陣的內容不是防護，而是封印與阻斷啊……天芯與盟主同時心道，但礙於不能洩漏過多，他們只好硬是吃下使者的嘲諷。

「問題解決。趁你們還在休息，不妨聊點別的吧？」使者愉悅表示，「我對盟主在競技中的表現深感興趣。」

……話題就這麼被帶開了？天芯朝雷奧哈德使了個眼色，心音問，『要繼續嗎？』

『這樣就可以。他自己轉移話題也好。』雖然危機暫時解除，但雷奧哈德對使者的反應仍有所顧忌，『不過，我想他不會不知道你們兩個看得出法陣的用途。』

天芯與雷奧哈德擠眉弄眼的同時，主席掛著笑臉走近使者身側。

「我也對盟主那天的戰術很有興趣。介意我旁聽嗎？」

大概是來控制談話情況的……盟主雖然心中有數，但主席積極的態度還是令他揪心了一霎。

他面無表情，淡然回道，「你們問吧。」

「你似乎到了比賽最後才出現，之前是躲在哪裡呢？」

使者話一問出口，立刻吸引與會者們的視線。

雖然沒有親自參賽，但轉播他們都是有看的。那日盟主的奇襲著實讓他們大開眼界，只是最後狩的爆發太搶眼，讓他們一時忘了對盟主的好奇心。

穿盟的同伴聽了這個問題紛紛露出笑容，欽佩之情表露無遺。

「說出來就不新鮮了。」儘管被這麼多人注視著，盟主還是不改冷靜，「我用隱身術包住自己後，就一直待在入口處。」

比賽開始後，選手們都立刻往賽場裡衝，埋伏的埋伏，蹲點的蹲點，入口處便成了整場比賽中最清閒的地方。

謎底揭曉後引來現場一陣驚呼，講開之後真的不是什麼高深的技巧，但實際上卻發揮了重大功用。

聯盟主席聽得雙眼發光，似乎一時忘了本來的目的，「生存戰最基本的取巧呢。就算沒有參戰，如果有本事隱蔽在場內的話，也可以留到最後。」

「你在他們抵達決戰點前，其實就先去過一趟了，對吧？」下一題使者問句輕盈，盟主聽了之後，緩緩點頭。

「指揮下令後，我確實先行到定點布陣了。」盟主露出淺笑，瞥了主席一眼，「誰讓你們把入口設在各區的折衷點呢。」

「哇……條件完全被利用了！」主席雖然嘴上嘆息，臉上卻掩不住興奮與笑意，「得想辦法改良一下規則才行。要不是最後的轉折太出乎意料，比賽真的就被你玩弄在股掌中了。」

「規則是死的，而玩家是活的。比賽也是遊戲的一種，竭盡所能去預想玩家行動的可能性，是設計遊戲時必備的考量。」話到此處，盟主原先淡漠的神色流露一絲熱情，「以設計者的角度去反思，自然更容易看出限制條件中可以利用的點。除了玩家與玩家間的競爭，我覺得玩家與設計者的鬥智，也是遊戲令人著迷的原因……」

不知為何，聽著盟主的發言，主席感到一股強烈的異樣襲捲而來，他的心臟正劇烈碰撞著胸腔，渾身的血液沸騰。

好像有什麼要出來了——莫名的直覺一閃而過。

此刻，主席望著兩眼發光的盟主，不知怎麼的，興起懷念的心緒。

懷念……？為何會有這樣的情感？這個人明明對自己抱持敵意，很少跟自己交流的……主席陷入迷惘的當下，王城使者在面具後揚起唇角。

「盟主大人似乎對遊戲有很獨特的見解呢。難不成在生前，這對您有什麼特別的意義嗎？」

對於使者主動提起生前有關的疑問，眾人或多或少感到驚訝。不過對方是穿越者聯盟之首，對他的過去感到好奇，似乎也不是什麼奇怪的事。

盟主本人也對使者的問題感到意外，他認真思索了一陣，倒也不打算隱瞞。

「我常覺得，人生就像是一場遊戲……不，也許對我來說，遊戲已經是——」

「——是我人生不可分割的一部份。」出乎意料的，在盟主說完之前，主席就六神無主的脫口接話。

聞言，盟主訝異的轉頭，映入目中的神色，讓他立刻明白一切。

崩毀了——那個人的世界。

穿盟盟主最不樂意見到的情況，終究還是發生了。

「你是想這麼說吧？楓。時至今日，你果然還是……」

聽聞那個幾乎被忘卻的暱稱，穿盟盟主的心臟刺痛了一下，他別過頭，沒有回應主席的問話。

「怎麼回事？難道……」穿盟的同伴們率先察覺情況不對，主席喊出的稱呼他們完全沒聽過，但見到盟主突然刷白的臉色，他們立刻反應過來。

騷動爆發的前一刻，站離主席最近的王城使者輕輕點了下主席的後腦，這個動作極其細微，群眾驚訝於主席的反常舉動，竟無人發覺。

主席在使者動作之後立刻昏了過去，在他癱軟倒地的剎那，場內原先凝結的氣氛瞬間爆發。

「主席！」

「趕快送到醫護室……祭司、星芒有帶祭司過來吧？」

會議室中亂成一團，使者默默退出越聚越多的人群，悠悠道，「看來我不適合繼續打擾，先告辭了。」

陷入慌亂的代表們無暇搭理使者，而他對這個狀況十分滿意。

使者沒再逗留，轉身步出會議室大門，而如他所料，全場只有一個人追了出來。

「等等！」

熟悉的喊聲讓使者停下腳步。他迴過身，果真見到天烈輕喘著跑到他面前。

「剛剛……你是故意的吧？」

就算曾經遭遇襲擊，天烈直視使者的眼神還是無所畏懼。

沒來由的，他完全不怕這個人……甚至有種微妙的熟悉感，並出於默契肯定，使者現在完全不會傷害自己。

「是故意的。」

「你特意來搗亂？」

「沒錯。多虧某個人，讓我知道你們想要做什麼事。」使者悠悠道，「計畫實行的時間、地點，每個環節的安排，當然，還有你們會想這麼做的目的。」

言畢，使者捕捉到天烈震驚的神色。

「……我們裡面真的有內奸？」除了訝異，天烈心中還帶著受傷的成份。

他的表情讓使者看得有點心疼。於是他放柔聲調，出言安慰，「別太難過，那人對此事毫不知情，並非刻意要背叛你們。」

使者的說法像一個拙劣的謊言，但語氣卻可信得不可思議。

「既然你已知情，為什麼不直接戳穿我們，而是用這種拐彎抹角的方法？」
「因為，我覺得你們的行動不足為懼。」使者平靜的發下豪語，「但知情不管對陛下是辜負，我無法做到。」
「而且出於私心，我想親自看看，那個人對生前記憶是怎麼想的？雖然不甘，但倘若那個人想拋卻生前的記憶，我就失去了存在的意義。」
「矛盾了啊……」使者的話又搞得天烈一陣糊塗，「聽起來，你似乎不希望某個人遺忘生前的記憶？」
「我沒有反對你們的理由。而就黃泉的立場，我說了，你們的行動是無效的。」他朝天烈走近了些，彎腰與後者視線齊高，「意外只到這裡。如果你們能安然渡過我給予的考驗，我之後會配合你們的劇本演出。」
天烈終於從眼洞裡望見一對深邃的黃色瞳眸，使者的眼神散發出一股無法言喻的溫柔，恰似與熟人對望的親暱神色。
天烈被這一雙眼睛看得怔忡，回過神來，使者已經轉身離去。

◆◇

當天烈回到會議室前，留守的工作人員表示，代表都聚在醫護室附近。天烈很快抵達現場，正巧目擊一觸即發的火爆場面。
「會沒開多久主席就躺了，我們到底是來做什麼的？」

「本來應該會挺順利的，還不是穿盟突然來亂……」
幾個性子比較急的賞金獵人與公會會長已經抱怨了起來，甚至有人直接把矛頭指向穿盟盟主。

「是你對他做了什麼吧？」

「無禮之徒！你們的謾罵盟主大人都隱忍了，但別以為你們能胡亂指控！」亞矢挺身反駁，要不是現在她身上也沒攜帶武器，肯定立刻拔刀護主。

「全世界都知道你們家盟主跟主席有心結。要怪就怪他的態度太讓人起疑！」

「很抱歉，穿盟不接受這樣的指控。你們主席並非遭受誰的攻擊，而是恢復記憶。」這回發言的是恩浩，相較於亞矢，他的語氣平穩而堅定，「我們也沒料到，今天就會有一個後天穿越者在眾人面前誕生。」

恩浩的說法讓全場一片譁然，天烈趁情勢停頓的空檔，擠回自己小隊所在的位置。

「你跑哪去了？我擔心死了！」

天烈還沒站穩，就被天芯在胸口輕輕捶了幾拳。

「抱歉，我去追王城使者了。」天烈據實以報，換來天芯一個愕然的眼神，「糟糕，一時忘了注意他……那人怎麼樣了？」

「他……趁亂跑了。」

天烈目前不打算把他們的對話內容告訴任何人，雖然發現內奸理應跟行動的主導人報告，但現在主席出了狀況，成員之間已經擦槍走火，挑這時機點只會讓情況變得更加混亂。

「嘖。只是來搗亂的嗎？還真成功呢。」

「是啊，剛剛的話太具誘導性。我想，這場混亂的兇手不是穿盟，而是那個王城使者。」不知何時，親愛的小隊長已經出現在天烈天芯背後，「不過你們放心，引起爭執的只有不小心忘了帶腦子的幾個人，主要幹部們看起來都有在思考。」

「不過，雖然我不太了解恢復記憶的機制，但這件事依然跟盟主脫不了關係，對嗎？」聽了艾倫的問題，天烈天芯對視了一眼，雙雙點頭。

後天穿越者的成因，其一，是被罹魎本體侵入體內的人，其二，就是生前的執念被喚起。

現在場內並沒有任何罹魎，也就是說……

「你們……別再怪他。我昏倒只是意外，楓……我是說，穿盟盟主，他沒有對我做任何事……」

主席虛弱的話音立刻吸引在場所有人的注意力。他在病床上撐起身子，轉向盟主。

盟主與他交互輝映的雙眸滿溢憂傷。

「現在你能確實回答我了嗎？那個問題。」

等待的幾秒是令人窒息的寂靜，主席深吸了幾口氣，最終還是痛苦掩面，「我……我不知道……」

盟主彷彿已經預料答案般淺淺頷首，而後轉向所有代表。

「各位，無論是有人刻意為之，還是命運的安排，你們今天總算親眼見識到，恢復記憶是什麼樣子。」他朗聲對場內宣告，「還有時間讓你們考慮。要是你們中途放棄，穿盟不會怪你們。」

「這是我們盟裡開會討論過的事情吧？沒想到真的發生了。」恩浩的笑語掩不住疲憊的成分。

「你仔細想想吧。放棄的話，惡夢幾天後就能結束了。」

對主席留下最後一句話後，穿盟盟主帶著自家五人隊伍先行離開醫護室。而他們前腳才踏出門外，後面的群眾就爆出喧嘩。

「什麼跟什麼！說清楚再走啊！」

「態度也太差了！最後一句話是威脅嗎？」

「不……別那麼講他！」聯盟主席突然激動的喊話，讓原本想繼續抱怨的人都乖乖閉嘴，「他會對我有心結……是我的報應……」

全場都在等主席繼續講下去，而他在整理心情之後，終於對眾人開口。

「因為，我確實是他的仇人……他生前，是被我害死的。」

他們初識的時候，兩個都還是學生。

起先是玩了同一款線上遊戲，那個人是名叫赤楓的魔法使，而他，是名為蒼藍劍的劍士。

遊戲角色練到某個等級之後，要將武器升等就必須打野王掙材料。蒼藍劍有加入一個與現實中好友合組的小型公會，打野王通常會是公會的幾個人結伴打，但某次蒼藍劍上線的時候，正巧發現公會的伙伴們都不在線。

雖然時機點不好，但蒼藍劍自視技術不錯，雖然掉寶的機率要看玩家貢獻度而定，但拚一把也許有機會讓他撿到需要的寶物。

於是，他進入野王會出沒的地圖，然後幸運的發現，有別人正在開團刷王。

他提劍衝了過去，然後沒兩下就被野王轟回重生點。

該死……也太痛了吧！跟團打與孤軍奮戰果然有差。當他從重生點跑回戰鬥現場的時候，正巧看見離野王一小段距離的地方，有個魔法使。

這款遊戲的魔法使是有帶治療技能的，只是眼前的傢伙用的都是輸出招式，看他打了一陣子，蒼藍劍判斷對方大概也是一人樂。

於是他朝魔法使發出組隊邀請，魔法使也應了。

對方的等級比自己高出許多，蒼藍劍正想打聲招呼，名為赤楓的魔法使就率先在聊天室敲出一行字。

「你現在的等級，一個人拿不到寶。」

……好直白的說法。不過他剛剛已經親自體驗過了。

「沒事，你去前面。」

赤楓又敲出了一行字。雖然蒼藍劍不知道新隊友是不是真的願意幫他，但還是硬著頭皮衝上前線。

結果，他妥妥的被這位魔法使罩了。

對方雖然還是用力打輸出，但當他快要紅血的時候，治癒技能就會補上來。

第一隻野王陣亡後，蒼藍劍驚訝的發現，自己居然能撿到寶物。

「有掉寶嗎？」

見赤楓關心的問句，蒼藍劍立刻回應，「有！感謝你。」

「是什麼？」

「銅幣跟種子。」雖然不是能夠用來升級武器的礦石，但能撿到東西已經讓他感激涕零了。

才剛這麼想，蒼藍劍的眼前就跳出一個視窗。

赤楓　要求進行交易。

他疑惑的按下許可鍵，然後就被彈出的新視窗嚇得呆愣在螢幕前。

礦石 x 10 是否接收？

蒼藍劍果斷按下「否」。

螢幕前安靜了一陣子，直到聊天室冒出新的問句。

「為什麼退？」

「我們才剛認識，收你東西很奇怪。」而且那些礦石拿去商城賣可以到幾十金幣的好價錢耶！他怎麼能收！

「沒事，我用不到。」

赤楓 要求進行交易。

「…………」

他在聊天室打了一串刪節號，然後等系統要求的時間過去，交易失敗。

赤楓 要求進行交易。

……到底是多固執啦這個人！看對方似乎不打算與他溝通，蒼藍劍只好乖乖收下礦石、禮貌道謝。

「還缺什麼嗎？」

讀完赤楓新打出的一行字，蒼藍劍徹底無語。

天下真的有這麼熱心的人？

見對方似乎還在等他回應，他只好答道，「陪我多打幾場吧？我喜歡靠自己刷材料。」

「行。那我們換頻。」

那一夜，他們一起打到快要清晨，還互加了對方好友。臨別前，赤楓還誇了蒼藍劍，以他的等級，技術還算不錯。

後來，他才知道，赤楓其實是同系的學弟，雖然後來在現實中也逐漸熟絡，但他們還是以遊戲角色的名字相稱。

◆◇

除了學校課業，赤楓一直有自行開發遊戲作品的願望。

他用課餘時間持續規劃著他的大作，但與其說是完整的遊戲作品，不如說是一個設定龐大的遊戲原案。

知道蒼藍劍是同系的學長後，赤楓就會找蒼藍劍討論私人創作的事。雖說在遊戲中蒼藍劍一直是被赤楓罩著的對象，但在現實中談及專業領域，兩個人的立場是反過來的。

「你餅畫這麼大很難執行吧……」

蒼藍劍不只一次對學弟如此勸說，但絲毫沒有澆熄赤楓的熱情。

「最完美的狀態就是這樣。不能刪減了。」

「還是得考慮一下實際面……像你的角色想完全客製化，還想做成 3D 遊戲，光怎麼讓玩家捏臉就是個大問題！」

「可是如果真的可以完全自創角色，甚至把自己的長相融進去，那不是很棒嗎？就像是你親自進到遊戲世界冒險一樣。」

「那還要牽涉到外部掃描的技術……況且，跟玩家多一個互動，製作方就是多一連串程序。很棒歸很棒，但能不能做到是兩回事。」蒼藍劍發現，赤楓在討論作品的時候態度比平時熱情許多，但固執的脾氣絲毫未改。

「我們畢業後，也許就能有新的技術出來。況且，能活在遊戲裡是我的夢想啊，對我來說，遊戲是——」

「遊戲是你人生不可分割的一部份。這句話你已經講過幾百次了！」蒼藍劍笑著搖頭，拿起赤楓手邊的手繪資料翻閱，「唉，不過這些人設和怪物設計真的不錯，故事線也挺特別……」

那時，兩個懷抱夢想與抱負的青年學子完全沒想到，讓他們成為摯友的共同興趣，竟會成為他們決裂的理由——

——那是在兩人都就業之後的事。

先行畢業的蒼藍劍在爭取到國外名校的進修機會後，潛心到國外發展；而赤楓畢業後則是留在國內，進了一間有在發展原創作品的小型工作室。

雖然工作室的伙伴們都對創作盡心盡力，但成本與人力畢竟十分有限。赤楓出社會後也有所成長，他自知夢想之作過於龐大，始終沒對工作伙伴提起。

這些事都是蒼藍劍在與赤楓的聯繫時得知的，兩人就算相隔遙遠，卻還是常常交流工作上的甘苦談、相互鼓勵。蒼藍劍目前也還在大公司力爭上游，雖然高學歷與堅強的實力讓他足以進入頂尖公司，但外國人在職場的處境還是相對艱難。

或許是生活壓力與高度競爭消磨了他的熱情與初衷，當他看著赤楓在國內繼續作夢的時候，居然開始萌生出覺得對方愚昧的想法。

「不過你當初也跟我說過很難執行了。可惜了這個原案。」

是可惜了……在連他們自己都記不得確切時間的夜晚，蒼藍劍盯著聊天視窗中赤楓慨歎的文字，也是有感而發。

就算現在自己在國際級的公司工作，他還是覺得，赤楓的夢想之作不輸他們目前在做的幾個案子。但同理之情僅只一霎，他的生活也困境重重，無暇哀悼別人的夢想。

原先是那麼漫不在乎，但這份扼腕，偏偏在最不該出現的時機閃過蒼藍劍的腦海。

那是他好不容易爭取到提案機會的時候，小組在發想上遇到了瓶頸，距離提報日所剩無幾，其他候補的小組在一旁虎視眈眈。

沒時間從頭想起，他們現在需要的是一個有完整度的好故事……

半夜失眠的時候，他心念一動，翻出了赤楓以前寄給他討論的檔案，一邊閱覽，腦袋一邊快速運轉。

像是在沙漠中行走，快要飢渴而死旅人，突然望見綠洲的感覺。

他知道，他一直都知道要怎麼讓這個原案的可行性變高。赤楓不願意放下的東西，他可以狠心割捨——彷彿被名為利益的惡魔蒙蔽雙眼，蒼藍劍連夜趕完企劃書，最後，把赤楓給自己的所有檔案刪除殆盡。

彷彿也將自己最後一絲良心也刪掉了一般……

「別怪我，楓。這也是在幫你圓夢啊。」

◆◇

與赤楓最後一次聯絡，是透過網路。

提案獲得採用、作品發行後，蒼藍劍的名聲與地位因此提升。而當這款遊戲在母國有了代理，也就是東窗事發的時候。

「為什麼這麼做？」

沒有任何責罵怪罪，只打了簡單一行問句。

蒼藍劍沒有細想赤楓在打出這行字時的絕望，他甚至沒有多加思考，就回了他用來說服自己的理由。

「反正你自己不可能發展這部作品，國內沒有這種規模的公司，就算有接近的，發展原創作品的資源也很有限。」

「我找到了舞臺，幫你做出來還幫你宣傳。如果你真的愛你的作品，你應該要為這件事感到高興。」

螢幕前靜默了一陣子。

「你真的這麼想？」

看了赤楓的問句，蒼藍劍沒有遲疑，「我是這麼想。」

「那我們之間沒什麼好說了。」

從此，與赤楓的聊天視窗沒有再亮過。

雖然成名作是靠著赤楓的點子，但其實蒼藍劍自己也具有實力，在未來的機會中，還是靠自己把聲望維持下來。

然而，他心中始終懷著這個只有自己知道的汙點。

數年之後，當他回母國受訪與出席活動，才向圈內人打探赤楓的消息。

「他啊……四年前就沒做了。之後怎麼樣也沒人知道。」

不做了？那個遊戲狂熱的赤楓居然放棄了？

受到罪惡感驅使，他花了不少心思追蹤赤楓的發展，然後得知了他怎麼也想不到的結果。

赤楓，他曾經的摯友，已經不在人世了。

四年前，聽說是受不了某個重大打擊而不想再接觸這塊領域，離職後除了遊戲，連他擅長的其他藝術設計或編劇工作也一概不碰。

完全封印特長的赤楓，從此只好兼職多份苦力為主的工作，其中也包含一些危險性高、品質卻不太好的項目。

某次，他工作的場所發生重大意外，他因工受重傷，但因為資方成功卸責，所以即使從此重殘，也求償無門。

他重創後不久，就因為不想拖累照顧他的親人而選擇自盡。而那距離蒼藍劍回到母國，不過是幾個月前的事。

自己的名利……到底是用什麼換來的？接獲噩耗的蒼藍劍自責不已，但無論他多麼想彌補，赤楓也回不來了。

因為赤楓的關係，蒼藍劍開始積極投資母國的中小型工作室，並在晚年回國從事人才培育工作。但儘管在後半生以贖罪的心態盡力為善，他還是始終沒有化解生命中的最大遺憾。

而這份遺憾，持續到了死後，乃至於黃泉。

當他記憶全失的時候，透過認識這個地方的人、觀察時下盛行的賞金獵人體制與這個世界特殊的能源使用方式，他心中萌生一股渴望。

創造……那是自己創造新體系的渴望。他強烈希望能靠自己的創意去完成一件大事，腦子裡冒出的藍圖愈見清晰，便是冒險團公會的原型。

於是，蒼藍劍利用黃泉的資源、與可靠的伙伴合作，憑自己出眾的領導能力，創造出一個彷若大型遊戲的新制度。而此項創舉，讓黃泉一大部分的居民，目前依然真實而安定的生活在這實境遊戲一般的新世界……

——能活在遊戲裡是我的夢想，對我來說，遊戲是我人生不可分割的一部份！

這是你的夢想啊，楓……在我不自知的時候，又偷了你的夢想嗎？

此刻，冒險團公會的最高領導人，竟開始對自己一手締造的歷史感到質疑。

這對黃泉現行的體制，無疑是巨大的危機。

◆◇

黃泉，玄鳥主祭壇的醫護室內。

主席只能片段陳述自己與赤楓曾經是好友，而盟主生前因為自己的一個錯誤決定而選擇自盡。

他沒有講太多細節，一方面是心緒混亂，另一方面是他知道，就算講了，在場也沒人聽得懂。

然而，他並不曉得，有個人正無意識透過共感體會著他記憶中的細節，而其中的意義，那人正好能完全明白。

消化著主席所感的天烈，在知會隊友後，溜出人滿為患的醫護室。

雖然擔心主席，但他覺得，現在更該去找另外一個人。

對方其實不難找，因為在他踏出醫護室不久，就立刻感受到與空氣格格不入的情緒，雖然不如主席激烈，卻是綿長而久遠的哀傷。

循著憂思走去，天烈果真望見盟主獨自坐在主祭壇的臺階上發呆。沒看見穿盟其他人的蹤影，想來是盟主自己支開的。

「可以坐在您旁邊嗎？」

天烈抱著可能被趕走的心情輕聲提問，後者抬頭看了他一眼，拍拍自己身旁的地板，「坐。」

「他跟大家說了吧？」

「我知道的或許比他說的更多。」天烈一臉靦腆，「我的共感還沒辦法控制得很好，只要對方的情緒強烈一點，我就會受影響。」

「心靈共感？那是很需要資質的技能。」盟主訝異的打量天烈好一陣子，「那麼，我在你面前也無所遁形了？」

「抱歉……」

「不用道歉。或許，偶爾找人訴說也是好事。但我很不擅長。生前也是，死後也是。」盟主若有所思的望向遠方，藏不住臉上的懊惱，「還想知道什麼嗎？你可以問，我盡力回答。」

「盟主大人……跟人聊天不用壓力那麼大啦。」見盟主認真魔人的態度，天烈無奈而笑，「想說什麼便說什麼，不想說也可以跳過。不過，如果您不習慣主動傾訴，也可以從我的問題開始。」

盟主帶著感激的神色點點頭，而天烈思索片刻，柔聲問道，「您其實……不希望主席恢復記憶，對嗎？」

盟主欲言又止，再次輕輕點頭。

「我有想過，他的執念可能是我。所以一直避免與他接觸。」

「原來冷淡相待的理由這麼溫柔……」天烈衷心感嘆。盟主則輕嘆了口氣，續道，「我無法原諒他做出的事。但對他的仇恨，在見證冒險團公會發展時，就漸漸消失了。」

「初來乍到的時候，穿越者在黃泉的處境比現在更艱難。雖然黃泉的生活方式讓我感到興奮，但實在無暇享受它。那時，遊戲中常見的公會體制在我腦內浮現，如果穿越者也能聚集成一個大公會，也許就能不那麼勢單力薄、受人欺負。」

沒再把藍圖設想到整個黃泉，而是專注於自己所屬的少數族群：穿越者。什麼事情可行？什麼事是妄念？這樣的判斷，是他在短暫人生中最有感悟的啟示。這名在生前總被說不切實際的追夢者，死後到了黃泉，變成最實際的人。

「組織能像發展成現在這樣，我不覺得有什麼缺憾了。但是，在冒險團公會逐漸興起的時候，我還是難以壓抑心中的激動……得知創立者是他的時候，更是如此。」

天烈深深凝視穿盟盟主，或許盟主完全沒有察覺，自己談及此事時洋溢光輝的眼神與不自覺上揚的唇角。

就算沒有共感，光看表情，天烈就完全明白盟主的心意。

這是他難得想要強硬起來的時候……他用力握住盟主的手，將他從臺階上拉起，「走，我們現在回去醫護室。」

「……？！」

「剩下的話，您直接說給主席聽。」

纖細柔弱的小毛頭使不上多大力氣，但此刻被天烈拖著走的盟主，卻覺得前方拉力大得驚人。

盟主就這樣一愣一愣的被天烈拉到醫護室前，一向以小心謹慎著稱的他，很少在人前露出過如此沒有防備的表情。當聚在門邊的群眾看見來者何人，馬上讓出一條路來。

「主席先生，恢復記憶後開始動搖了，對嗎？」天烈一進門，劈頭就說出了他臨走前透過共感窺見的心聲。

「對於創造出冒險團公會這件事，對於奪走別人夢想的這件事……您的內心已經被愧疚占滿，甚至覺得自己不該繼續在冒險團公會做下去了，對嗎？」

主席對天烈並不熟悉，聽了小年輕犀利的問句，一時傻在病床上。

但天烈這段話不是想從主席口中得到證實，而是說給背後的盟主聽的。

「你真的這麼想？」

問話起了作用，盟主的神色十分不解。

「我不能再做錯事了。」

「這跟你最後對我說的話不一樣。」

「那是我在自我說服！我一直都知道自己對你做了什麼，但我當時不敢承認……所以說出那種傷人的話。」

「那時你確實很不知廉恥。但跟你在黃泉做的事是兩回事！」談及此處，盟主也激動了起來，「冒險團公會的發展，我都看在眼裡……相較於賞金獵人跟穿盟，明明是最晚出來的制度，卻成功的推展至整個黃泉。有多少人因為公會體系得到安定的生活或生存意義……這些都是真實發生的事！那個我們曾經夢想過的世界，你真的做到了！」

「居然是『我們』嗎？原來你的夢想一直都包含著我？」

主席難以置信的望著盟主，後者似乎沒注意到他逐漸濕潤的眼眶，自顧自的續道，「你即使失去記憶，還是弄出這樣的體系，代表那已經是銘刻在你直覺裡的事物，就連黃泉的記憶篩選機制都無法奪走的熱愛。」

「發生那件事之後，我曾以為，你進入職場只是把作品當作爭權奪利的工具，深感不齒。但在黃泉看了這一切，我重新對你燃起信心，覺得變回一張白紙後，你果然還是一個有夢想的人。所以，我其實……不希望你恢復記憶。」盟主停頓了一陣，最終艱難開口，「就是怕你像現在這樣，變回以前那個複雜的你，然後開始動搖。」

主席怔怔凝望盟主，一時無法消化對方話中的含意。現場死寂了許久，直到主席輕顫著開口。

「楓……你這是……願意原諒我的意思嗎？」

「才不會原諒。那件事還是很過分，我所受的苦也無法挽回。現在想起來還是會很生氣。」

盟主直白的回應讓所有觀望的有人冒出冷汗。原先預期有個皆大歡喜的大團圓結局，現在被一口拒絕了，該怎麼收場才好？

正當一部分人煩惱著是否該站出來緩和氣氛的時候，盟主又開口了。

「不過，如果你能跟現在的伙伴攜手，繼續把冒險團公會經營好，我不反對跟你重新成為朋友。」

言畢，盟主立刻抿唇撇過頭，輕輕闔上雙眼。看在主席眼裡，就是他固執到極點的好朋友，每次跟他吵完架想和好時會露出的表情。

「這樣就好。只要你願意再次跟我成為朋友……真的，謝謝你……」

主席不禁掉下眼淚，但臉上卻是重振後的堅毅笑容。他趕緊下床端正站姿，深深一鞠躬後，對著全場高聲宣布，「各位，抱歉耽誤了時辰，我們回會議室繼續討論吧。」

「那我趕緊重新布置一下。」雷奧哈德滿面春風，他瀟灑向自家上司揮手，然後帶著冒險團公會的代表們先行離開。

「倒是看了一齣有趣的戲呢……噗哈，你也太感動了吧！」擎天柱笑著撞了神情肅穆的鐵拐一下，鐵拐則狠狠瞪了她一眼，回道，「看他們兩個和好比開那什麼會有趣多了。」

「就你一個人會這麼想。其他人對搗亂比較有興趣！」擎天柱瞥過自家快要無聊致死的賞金獵人們，朗聲吆喝，「睡著的都給我醒來！回去開會了！」

賞金獵人也隨著大姊頭和老大哥紛紛離去，醫護室裡只剩兩個沉默的當事人，與靜靜站在角落的於今為烈小隊。

「你……認真的？」盟主依然無法置信的表情，「之前明明還那麼痛苦。」

「是啊，三觀盡毀。原先還自豪自己是個正直無私的人，現在完全不這麼想了。」主席擦乾眼淚，自嘲之後轉為認真，「但就算如此，我依然不想再忘記這段往事。至少我希望，跟你再續友誼的，是真正的我。」

『好了。趁他們還在敘舊，我們也趕緊回去吧。』隊長微笑以心靈溝通下令，於是一坨人立刻從兩個目中無人的大人物旁悄悄經過，接連竄出門外。

「烈烈剛才難得霸氣了一下呢！有點帥喔。」走遠之後，雛菊俏皮的虧了天烈幾句，惹得天烈難為情的乾笑幾聲。

剛剛那樣在群眾面前大聲質問，確實不像他平常會做的事。但或許是這兩個人的心情讓他想起一些往事，才會那麼積極的不想讓他們留下遺憾。

天烈記得，小時候他曾問過阿公，會不會希望爸爸把他以前做錯的事忘記？如果能夠忘懷阿公的過錯，爸爸是不是就能夠徹底原諒了？

「為什麼要忘？」阿公當時是這麼回答的，「希望他忘記只是逃避的想法而已。傷害已經造成，憑什麼要曾經受傷的人忘了加害者的錯？」

「那你是一輩子不想被原諒了嗎……」

天烈當時完全無法理解，只覺得阿公實在太苛責自己了。馮清馳看著孫兒沮喪的神情，安慰道，「對我來說，他始終無法原諒我拋家棄子，卻還是願意與我保持聯繫、甚至願意把你跟芯芯交給我照顧，就是最大的原諒了。」

「阿公你弄得我好亂啊……」

「你年紀還小可能不懂這些。等你長大，經歷越來越多事後就會漸漸明白，記得才是真正的原諒。」

記得，才是真正的原諒。

聯盟主席沒再掩飾自己的過去，而是選擇懷著痛苦記下它，而穿盟盟主沒有忘記自己生前的傷痛，卻仍願意陪在主席身邊，提醒他不要再犯相同的錯。

——如果你們能安然渡過我給予的考驗，我之後會配合你們的劇本演出。

這時，王城使者說過的話閃過天烈的腦海。

『我們已經順利挺過難關。絕不會讓你小看我們！』

他對王城使者拋出心靈溝通。但由於沒有回音，他也不知究竟有沒有順利傳達……

主席恢復記憶後，與盟主的默契直線上升，除了提升開會效率，行動內容還大幅更改。加入最新的有利條件，可以用更快的速度將事情鬧大，與會者似乎都覺得這是好的發展方向，會議進行的意外順利。

轉眼間，已是接近晚宴的時辰。

負責布署的行動小組已經投身準備，暫時沒事的人則陸續抵達會場，正常表現以掩人耳目。天烈終究沒有將與使者的對談透漏給任何人。王城使者給他的感覺微妙，雖然搞不懂他在想什麼，但總覺得他的承諾可以相信。

直覺告訴他，使者自己也想賭一把，不會再次干擾他們的計畫。萬一先行透漏消息，使得大家退卻或改變，一切也許會更糟。

於今為烈小隊此時也在晚宴會場中自由活動。由於天烈剛剛在醫護室的表現引起一部份人注意，現在正應付著對他感興趣的其他代表；而從進場後，雛菊跟艾倫就不知道在忙些什麼。

待天烈身邊的人群逐漸散去，他來到雛菊與艾倫身邊，見他們兩個還在忙活。

「星芒那邊怎麼樣了？」艾倫對著手心的事物問道，只聞一抹陌生的嗓音從中傳了出來，「巴奈小姐正在主持。首都應該會變成聯合轉播吧！」

「那我們群呢？」

「能拉的都拉了……外地的還叫他們多帶朋友。」

「雛菊，艾倫手上那是？」看艾倫還忙著談話，天烈先問了雛菊。

「掌上型的錄像球。雖然能拍的畫面比較小，但因為方便攜帶，大家常常拿來拍自己身邊的東西給好朋友看。」

「我把這個當作秘密武器了。弓箭被禁止了，但可沒禁隨身小物啊！」

艾倫結束通話便來到天烈與雛菊面前，這時，天芯和狩也湊了過來。

晚宴開幕式雖然一般不會特別轉播，但也沒有特別規定不能公開。因此就算沒有官方的錄像，還是有許多與會者透漏的現場情形讓民眾窺知一二。

「艾倫哥在聯絡我們初級勇者的社群。近幾年從學園區畢業的勇者們都會拉一個群組，裡面的成員來自不同城市，但都是同一年畢業的勇者。」雛菊向其他三位伙伴解釋，天芯在一旁聽得嘖嘖稱奇，「沒想到現在公會還有社群啊……」

「是用符咒加強過後的大範圍心靈溝通技巧。」雛菊燦笑答道。

「剛剛我在透過錄像球聯絡星芒的隊友，順便做錄影測試。他們已對群裡公開我錄像球的辨識咒句，只要其他人想看到我錄的影音，唸出咒語即可直接觀賞。」艾倫把玩著掌中的小球，揚唇道，「畢竟，大型轉播能擴及的範圍只有首都。但靠著社群的力量，其他城市也有人能即時知道消息。」

此時，場內突然掀起一小陣騷動，天烈朝門邊一看，便望見接待人員領著王城使者走向小舞臺前貴賓席的情景。

使者入座後不久，聯盟主席與擎天柱就率先上前招呼，而在三人的敬邀下，穿盟盟主也入坐貴賓席，讓場內呈現三大勢力頭領與王城代表同框的歷史性畫面。

「各位，光這段獨家畫面就夠本了。趕快散播這段影像，把更多人拉進來吧！」艾倫一邊把錄像球轉向貴賓席，一邊在鏡頭背後實況，因為正式場合不宜太多噪音，因此他沒播放出觀眾的聲音。

眼看開幕式即將開始，天烈不禁忐忑了起來。

『天烈，還好嗎？』狩透感知到天烈周遭變得焦慮的氣場，於是出言關心。

「現在特別緊張。」

『是因為王城使者嗎？』

「咦……」

狩將胸前的眼狀紋朝向貴賓席。

『那個人始終讓我感到不安。』狩若有所思，『我感覺不到他的氣息，似乎是他刻意隱藏了起來。總覺得，他不像人類……』

狩的輕語中，晚宴開幕式正式展開。

在司儀的引導下，王城使者首先上臺，致詞不外乎是祝福感謝的客套話，雖然正常表現是好事，但一想到他早上才來搗亂，大家聽了還是不太舒服。

接下來上臺的是擎天柱，內容簡短有力，很快便在如雷的掌聲中結束她的回合。

天烈一邊跟著群眾拍手，一邊看著聯盟主席走上臺。

好戲現在才要開始。

他抬頭環伺，場內燈具的亮亮植栽附近，都被安置了大小不等的錄像球，在燈光的遮掩下，藏匿其中的球體成功隱形。

而艾倫則選了一個舞臺視野的死角進行直播，雖說從臺上往下看不清楚，但在那個位置側拍，卻能捕捉清晰畫面。優良的站位，加上工作人員有星芒同胞暗中照顧，讓他被抓包的機率幾乎為零。

聯盟主席省去一切官腔的開場白，直接切入正題。

「各位，今天神聖的祭前晚宴中，我必須對敬愛的孿神、以及在場所有人坦承一件事：就在今早的會議中，我恢復生前記憶，成為一個後天的穿越者。」

主席話一說完，臺下的暗椿假意驚呼，天烈等人也加入臨演的行列，但雛菊的一聲哀號似乎是真情流露。

「嚶……群組爆炸了。」雛菊緊抱身邊的天芯尋求療癒。

「我以冒險團公會的信譽擔保，今日所言皆為屬實。」主席手扶左胸，一字一句啟誓完畢，而後伸手擺出邀請姿勢，「所幸有穿盟的朋友身在現場，幫我解決不少疑惑。現在，我想請穿盟盟主與我一同上臺提出幾個問題，希望王城之後能給我們解答。」

臺下立刻掀起掌聲，而主席本人更是直接將盟主拉了上臺。

「首先，各位一定跟我一樣，從前完全不曉得有後天恢復記憶的可能性。但我今天才知道，目前確有這類穿越者存在黃泉。」

「這點，穿越者聯盟可以擔保。」

「嫣花公會也在此擔保。」緊接著盟主，嫣花會長於觀眾席中優雅的舉手附和，「嫣花公會目前已接收並設有後天穿越者的庇護措施。主席，您要不要考慮一下？」

嫣花會長臨場發揮的小幽默引得現場一陣發笑，連主席自己也被逗笑了，「謝謝妳。但就算我想，還加不進妳們公會呢。」

「那來翠柳怎麼樣？」花都首席的男性公會當場附和，現場再度陷入歡笑，但大家心知肚明，這同時代表翠柳公會的表態。

「好了！玩笑開到這裡。其實，穿盟對恢復記憶一直有所研究。現在，很高興他們願意公開成果……」

話語權一交給盟主，他便滿面正經的向場內解釋恢復記憶的原理。眾人在臺下專注聆聽，方才嬉鬧的氣氛一掃而空。

天烈不時偷偷觀察王城使者，他目前看起來十分平靜，還聽得很認真。

「王城使者還真沉得住氣……」天芯也把心思放在使者身上，但她的觀察立刻被小跑而來的工作人員打斷。

「請問是馮天芯小姐嗎？」

「是我。怎麼了？」天芯狐疑看向緊張兮兮的工作人員。

「會長要我把這個交給您。祭壇外現在已經開始聚集一些人潮了，他無暇顧及內場。他還說，這麼說您便知道要做什麼……」

天芯接過工作人員遞上的一串鑰匙，心下立刻有了底，「雷奧這傢伙……真會給我搞事。他忘了我是路癡嗎？」

雖然嘴上抱怨，但天芯最後還是微笑以對，「我沒問題。快去跟你們會長回報吧。」

「謝謝天芯小姐。請問回公會後可以跟您要簽名嗎？我聽了故事後就很崇拜您……」

「咦、嗯……」

天芯愣愣點頭，目送小聲歡呼的工作人員離去後，她忍住想要把雷奧哈德打爛的衝動，轉身問了現場最有可能幫她的人。

「小雛，妳熟悉主祭壇的路嗎？」

「這邊嗎？還可以。」身為玄鳥地主兼行動百科全書的雛菊果然沒有讓她失望，「來內場之前看過一次地圖，記得差不多了。」

「好，那麻煩妳帶我到祭壇內場的所有門！」天芯愉悅的挽起雛菊的手，同時對狩抛出心靈溝通，『親愛的，我去給雷奧幫把手。等一下可能會有點混亂，哥哥就拜託你了。』

『好，妳放心去吧。』

「天芯。」當天芯準備邁出步伐，天烈的輕喚讓她停住腳步。

「注意安全。需要治療的時候叫我過去，好嗎？」

「呃？好……我會小心的。」天芯呆呆望著天烈走近，原先似乎想把她攬進懷裡，最後還是只輕拍她幾下肩膀；而雛菊見了兄妹倆彆扭的互動，連忙甜聲對天烈道，「烈烈放心啦！我們會互相照顧的。」

當兩個女孩終於出發，雛菊忍不住摸了摸天芯的腦袋提醒，「在妳關心烈烈的同時，他也同樣在乎妳的安危喔。下次出動前好歹主動跟他講一下嘛！」

「也是呢。謝謝妳，小雛。」天芯懊惱的抿唇，她剛剛還真的沒想到天烈會主動叫住她。單方面的過度執著，讓她始終沒意識到，在她密切注意哥哥的安危同時，天烈其實也關注著她要去冒的每一個險。

望著天芯與雛菊離去的背影，天烈雖然心中掛念，但還是選擇相信妹妹與伙伴的能力。

現在，他把心思放回舞臺，盟主已經說完，換聯盟主席接續結語。

「若每個人都有恢復記憶的可能性，那為何到今天才知道這個現象其實持續在發生？是否有人刻意隱瞞？或是有人用了什麼方式，連我們在黃泉的記憶都進行竄改——」

主席講得慷慨激昂，臺下已經有些人按耐不住躁動。天烈在一片急躁的氣場中緊盯王城使者，後者始終鎮靜地坐在原位。

「剛剛天芯傳心音過來，她跟小雛似乎奉會長命令去搗蛋了。」艾倫手持變成碳黑色的錄像球，笑盈盈回到天烈與狩的身邊，「太多人同時用咒，我的錄像球燒掉了。不過，剛剛群裡傳來消息，說是正在開組外地團要殺過來玄鳥，它也算是功成身退了。」

臺上已經講到了主祭儀式的疑點部分，他們直接拿出王城給予的法陣資料，把主祭三十人這陣子分別研究的疑慮與法陣異常的地方詳細講解了一遍。

「……因此，我們想請王城代表將這些疑點做出合理的解釋。若無法給出明確解答，我們要求暫緩主祭儀式，重新商議主祭法陣的內容——」

「暫緩祭儀！重新商議！」

此時，以雷奧哈德為首的一群場外民眾已經包圍住晚宴會場的一側，但緊接著，另一側湧入另一種聲音。

「荒唐至極！主祭代表帶頭造反，違反變神教義，應該被全數撤換！」

「讓穿越者加入祭儀本來就是錯誤的選擇……」

兩邊群眾吵得不可開交，有人激動得抽出武器，場內待命的賞金獵人們早就憋得發慌，現在正讓他們逮住機會抽出自己的武器，擋在人潮與其他代表之間。

「不要攻擊場外人民——」擎天柱對著賞金獵人們大喊，但現場氣氛一觸即發，她的勸阻似乎沒有太大效果。

「嘖，一群沉不住氣的小東西。柱子，妳回去貴賓席。」鐵拐一邊搖頭嘆息，一邊從背後取下大刀。

他刀鞘未脫，一個箭步飛躍到幾個即將擦槍走火的賞金獵人與人民之間用力揮刀，強大的氣勁立刻把兩方人馬吹飛。

「不許亂打架。我不喜歡看人受傷。」鐵拐甩了甩他未脫鞘的寶刀，宣示道，「要打的話，先把我趕走吧。」

賞金獵人那邊的情勢勉強被鐵拐壓了下來，同時，天芯與雛菊才跑回於今為烈小隊員的所在。

「總不能被說是一言堂，所以我全放進來了。」天芯揉了揉掌心的鑰匙，激烈的對峙場面也讓她一個頭兩個大。

「都放進來也好。放棄討論同時也是放棄說服力，況且如果真的要限制言論，會長也不會把全部的鑰匙都給妳們。」艾倫幫兩個女孩緩了緩氣，一面觀察一面笑道，「不過，目前衝過來的還是我方佔人數優勢。現在已經到一發不可收拾的程度，就要看王城怎麼做了。」

使者目前還安然坐在自己的位置上，似乎是把現場的混亂都欣賞完一圈，看滿意了，才慢條斯理的起身走上講臺。

「王城願意給出答案。」

使者的高喊雖然被面具掩蓋了幾分聲量，卻還是讓全場安靜了下來。

「不過，這邊的空間太過狹窄，外頭也還有進不來的朋友。」他的氣息平穩、語調輕鬆，完全沒有受到逼問的模樣，「我們把場地移到外面廣場的大祭臺，好嗎？」

正反兩方這次一併聽從指示往廣場移動，貴賓席外的其他代表紛紛混進群眾中控制情勢。

等一切安頓好後，三大勢力頭領留在臺上，使者則站在祭臺最中間，先是朝著下方群眾鞠躬致意，而後開口，「今日，作為代表王城的發言人，我願意為我以下的發言負責。」

「回應聯盟主席與穿盟盟主的提問，他們說得沒錯，王城確實透過主祭儀式，對各位的記憶進行管理。」

使者話一出口，現場先是一片死寂，片刻之後，臺下群眾終於爆發。

「洗腦的傳言是真的？！」

「王城怎麼可以背著我們做這種事？」

「但陛下本來就是神的代言人！王城的指示等同神的指示，我們本來就應該服從！」

「搞清狀況啊你們！黃泉本來就是王城最大，現在根本是三大勢力跳出來造反！」

各種爭論的聲音從四面八方襲來，場面再度陷入混亂。幸虧代表們在下方控場，兩方才沒有真正動手。

「王城對記憶進行控管，自然是孿神的旨意，當然，也有人為的考量。」使者無視下方的嘈雜繼續發言，而群眾發現臺上動靜後，不約而同的安靜下來。

「首先，人在黃泉重生，理應接受新世界的規則、服膺新世界的神。生前記憶對適應新世界難免造成阻礙，所以消除記憶為神的仁慈。至於穿越者部分，孿神教義中寫明，我不再多說。」

作為孿神的代言人，使者始終順從本份，以教義為本申論。儘管不偏離穿越者負罪的論點，卻也沒有當著穿盟的面直說出口。

「再來是人為考量。記憶管理，對人民其實是一種保護。人類在黃泉重生，得以不必背負生前的包袱生活，難道不是權利嗎？」

王城使者對著全場高聲提問，而他的問題，也讓臺上的頭領們愕然一霎。

「並非每個人的生前都值得回味。若恢復生前記憶使人類變得複雜而痛苦、更容易受到罹魎的懲罰，如此危機，你們能承擔嗎？」

使者這次的問題，是直接對著聯盟主席提出，主席堅毅的望了對方一眼，然後轉向群眾，「生前可能有痛苦、有遺憾。但如果恢復記憶是正常現象，我認為，遇上時應該選擇面對，而非一味逃避。況且，除了不好的部分，一定還有美好而不想遺忘的羈絆。這些生命中的養分，帶來的力量絕不會遜於苦痛！」

「並非每個人都像您這麼堅強，主席大人。」雖然看不見表情，但使者話中的嘲諷意味濃厚，「不信您可以問問下方的人民，他們是想繼續接受不自由的保護，還是想暴露在自由的風險中？」

在使者的鼓吹下，群眾再度躁動了起來，經過方才的辯論，現在臺下的聲音幾乎是一半一半。

——目前不可能有共識。所有正忖度大局的人，不約而同在心中下了結論。

而且，目前聚在祭壇前的，大部分還是首都以及鄰近都市的民眾，現在消息已然擴散，之後會是整個黃泉的拉鋸戰……

「竟能逼得孤不得不出面，真是淘氣的子民。」

情勢僵滯之時，清雅的嗓音突然從祭臺後方傳出，雖然聲量不大，卻能遠遠傳播，讓全場頓時陷入寂靜。

「陛下……？！」使者迴過身後，立刻下跪行禮，臺上的三位頭領也跟著使者朝步出的身影行下跪禮。

正當臺下的群眾也紛紛跟著跪下，帶著冠冕與頭紗的君王立刻下令，「都平身吧。」

王城主人個頭比大家預期的嬌小許多，但不失王者的威儀與優雅。頭紗下若隱若現的面容為他增添不少神秘感，披散而下的銀白色長髮使他看起來格外優美脫俗。

「光神琍琳下達旨意，讓孤親自解決。你先退下吧。」

「是。」

君王柔聲對使者下令，而後者儘管退下了，還是守在王身後，擔任護衛的角色。

「陛下。」

三位頭領先後致意，王在面紗下微微一笑，朝三人伸出手，「隨孤到中央來。」

臺下群眾似乎都被這位君王的舉手投足深深吸引，大家目不轉睛的望著祭臺，無法將注意力移開。

「好漂亮的人啊！」同樣深受吸引的天烈，忍不住輕聲讚嘆。這時，守在天烈旁的狩，難得把注意力從身邊的人移開。

『他是……？』

從遠方感知這抹獨特的氣息，一股說不上來的強烈情緒席捲狩的內心。光聽這個人的嗓音，他原先沉穩的心緒忽然間狂亂了起來。

只見王優雅佇立在三大勢力頭領的中間，對著臺下開口。

「孿神已經聽見你們的聲音。今年的主祭儀式，王城將會頒布新的法陣。」

「法陣將移除記憶控管的陣式。」王對著場中宣布完，轉向聯盟主席續道，「但各城市的公會，將收到來自王城的新法陣，目的即為記憶整理。冒險團公會無論大小，必須設置專門單位，每年固定為人們整理記憶。若不想接受服務，必須另行提出申請，並交付單位審核。單位籌措在主祭儀式結束兩個月內必須完備，第三個月開始運作。」

「這就是王城開出的所有條件嗎？」

「孤並非在談條件，主席先生。」王語帶笑意，「這是命令。」

「儘管現在地方自治盛行，但諸位切莫忘記，黃泉至今依舊保有王法。」

言下之意是……儘管三大勢力目前稱霸黃泉，但別忘了真正的主人是誰。三位頭領心領神會，並由主席代表行禮致歉，「方才是我失儀。還望陛下恕罪。」

「免禮。」王輕輕將聯盟主席扶起，並用臺下聽不到的聲量輕語道，「總有一天，孤會把黃泉交給你們。但現在不是時機，你們得先沉住氣。」

「……？」王的悄悄話讓主席滿腹疑惑，但他默默聽進心裡，沒再多說什麼。

「陛下英明！」

臺下忽然爆出喊聲，其他人一聽，紛紛附和。

「陛下英明——！王城萬歲——！」

為君王與王城喝采的聲音響徹整個祭壇，環顧四周轉為一致的氣氛，天芯不禁感嘆，「這次是王城大獲全勝呢。我們反而變成壞人了。」

「經過這次，三大勢力的聲望多少都會降低吧！」艾倫也無奈的笑了，「雖然新制的退讓微乎其微，但至少現在，統一洗腦的儀式成功被推翻。接下來就是黃泉人民的內心搏鬥了。」

或許，王城的作為是來自於對人性的參悟：執政者只要做出少許退讓，便能安撫大部分的人心。眾人預判，會主動提出申請不整理記憶的人目前還是少數。因為比起劇烈變動，事不關己的人依然傾向維持現狀。至於何時才能達成共識，讓穿越者真正除罪化、將記憶的權利歸還全民？恐怕還遙遙無期……

祭前晚宴的騷亂以令人意外的快速被平定下來。隔日，王城便對黃泉全境頒布祭儀更動的命令，但主祭三十人維持原案，祭儀如期在晚宴一週後舉行。

新法陣很快便送到三十名代表手上，疑點是通通排除了沒錯，但新版法鎮清奇的程度，連穿盟盟主都無法判讀。

「頭一次看見這樣的法陣。無法參透王城的用意，恐怕用過一次才能知道。」

現在除了硬著頭皮上，似乎也別無選擇。但大家還是對王城的做法抱持偏向樂觀的態度——畢竟，黃泉之主確實當機立斷，做出目前而言較為兩全的決定。

而在學習嶄新法陣與籌備新制上路的忙碌中，轉眼就到了孿神祭典主祭儀式的大日子……

◇終章 主祭儀式

主祭儀式的地點，在接近黑森林入口處的王城攣神主殿。

黃泉的王城，並非坐落於凡人能觸及的地方。因為在王城與黃泉人民聚居的區域，橫著一大片無人居住的森林。

據說，那片森林是罹魍的發源地，闇神在森林中豢養罹魍，環境十分險惡。而這片被大片黑霧覆蓋的林地，世稱黑森林。

由於主祭儀式是相當莊嚴的儀典，因此布陣所需的法器皆由王城提供，代表們也只能穿著規定服飾，並不得攜帶任何私人物品。

雖然革命沒有成功，但如此結果也算有達成目標。相較之前，三十名代表都卸下心防，與往年一樣專心於祭儀的任務。

當然，有私人顧慮的人還是無法放鬆。

雙手空空進入敵營，讓天芯難免感到神經緊繃，但能深入主殿的機會難得，她才情願冒險一試。

「主祭儀式的場域裡只會有我們三十人，就算是王城派來的人，也只能在場地外駐守。」雷奧哈德看出天芯的不安，在入場前特別到她身邊安撫道，「三十位代表是曾經在同一條船上的伙伴，應該值得信任。」

「謝了雷奧。我想，就算他們想藉機對我哥怎樣，大概也不會在祭儀中動手。」天芯思索道，「既然不惜更動法陣也要保持儀式順利進行，就代表他們十分重視。哥哥也在布陣的環節中，若要在儀式中對他不利，勢必干擾整體進行。」

「要小心的時機，應該是進行完儀式後，一直到我們卸下所有衣裝、拿回武器之前。一來我們手無寸鐵，二來儀式剛完成時，大家難免感到疲勞。」不知何時，穿盟盟主默默從天芯身側冒泡，讓她嚇了一跳。

「可別忘了當初是誰費盡心思阻止你們加入主祭儀式喔！這層風險，我們早就設想到了。」

「馮天烈對盟主大人有恩。之後若有要協助的地方，請務必通知我。」

恩浩與亞矢也湊了過來，他們堅定的神態已然說明一切。

「若不是他牽線，我跟楓可能會繼續僵持下去。」聯盟主席緊接著加入話題，同時搭上穿盟盟主與雷奧哈德的肩，「有機會也讓我報個恩吧！」

天芯愣愣望著接二連三加入談話的人，一時還來不及反應，賞金獵人王者的交談聲便傳了過來。

「刃，你覺得這些人沒了武器之後還能剩多少能耐？」

「懶得管。儀式一結束我就要把小朋友們帶回去休息了。想阻止我的可以試試。」

雖然他們沒有靠近話題的中心，但顯然時時留意著彼方交流的狀況。

「芯芯就別再一個人緊張了！妳看，這麼多好戰友在身邊。」

「是啊，不知不覺中，你們已經串聯起一群很恐怖的人呢。」艾倫滿意的做了總結，但他燦爛的笑容反而讓人覺得更恐怖。

「不知不覺？沒那回事，我始終用心良苦啊！」天芯終於展露笑顏，她長出一口氣，眼神飄向走在前方的天烈與狩，「但對哥哥來說，或許真的是不知不覺吧？」

「阿狩，你穿這樣真的沒問題嗎？」

『沒關係。我還是保有感知，不會影響行動的。』他新奇的摸了摸身上的行頭，誠懇道，『我比較訝異的是，他們竟沒有要求我把假頭拆下來。』

「大概是因為沒有頭的話無法配戴頭飾，反而不合規定吧。你確定揹著假頭不會更辛苦嗎？等一下我幫你跟主辦反映一下？」

……嗯。這位大概真的是不知不覺。

雖然聽不見狩的心音，但光從天烈關切的問話，就能大致猜到他們的談話內容。

當大家都在為他的生命安全擔憂時，這個人卻還理所當然的為別人的小問題操心……這到底算長處還是短處呢？想到這裡，關係者們不禁無奈而笑，但又從自然上揚的嘴角中，得到某些答案。

◆◇

就算陣形大改，主祭儀式的巨型法陣依然由三個十人法陣組成，而大法陣的分工，自然由賞金獵人、冒險團公會與自由名額分組負責。

施術過程中，必須先用特製的墨料在地上畫好圖形，再由三十人站上定點上同時唸咒發動法陣。過程聽似簡易，但光是在大片地板上準確畫出繁複的圖形，就耗時耗力。

「自由名額的水準也太輾壓了……能的話來幫幫其他人吧！」

聯盟主席的哀號確為在場的共同心聲。光是作為正副指揮的穿盟盟主與天芯就讓人望其項背，成員中還有像雛菊這樣讓人驚豔的畫符高手，以及雖然沒什麼術法底子，卻有十足繪畫力的天烈。另外兩組還在戰戰兢兢的框外圍時，自由名額早就畫了快一半。

然而，對於彼方的求救，盟主不以為然。

「少來，你自己明明也會畫。」

「我多久沒畫了……恢復記憶前我可是個拿劍的啊！」

「在黃泉記得當個劍士，卻忘記怎麼畫圖，你應該反省一下。」

盟主的話引得埋首於法陣的公會代表們哈哈大笑，由於主席一向沒什麼架子，在這種不對外的場合，會長們對上司都像是對親密友人一般大肆嘻笑。

雖然外頭戒備森嚴，但見大家一片和樂融融，天烈也覺得十分溫馨。判斷自己這組沒什麼問題後，他便跟盟主打聲招呼，跑到賞金獵人的場地幫把手。

那邊只有平時有在做金工的鐵拐還算能行，天烈的到來對他們來說有如救星降臨。

「細節的部份我可以幫忙。」雖然文弱的天烈像極了在獅狼群中的小綿羊，但當他提筆時，氣勢完全不輸給一旁的賞金獵人。

鐵拐看著天烈努力作畫的樣子，想起他們初識時，天烈也是像這樣認真畫給他蝴蝶飾品的設計圖，心中興起一陣感慨。

「這邊一結束，我就會到你們三個身邊守著。」

「謝謝……有鐵先生在，讓人很放心呢！」

因為祭壇內看不見天色，大伙也不清楚自己忙了多久。只知道當三組法陣全數完成，大家都累翻了。

「各位站上指定位置吧！我們一口氣結束它。」

隨著聯盟主席的精神喊話，大家立即各就各位，穿著正式而統一的主祭三十人各個端正站姿，搭配地上精緻的法陣，讓現場頓時變得莊嚴肅穆。

主祭咒語是由主席帶頭領唱，其他人則同時朝法陣灌注法力。帶有音律的誦咒流暢進行，眾人腳下的法陣發出金黃色的光輝，他們沐浴在如黃泉晴空色澤的柔光中持續注力，直至主席吐出最後一行咒句——

「啊——！」

法陣正式啟動的剎那，熟悉的喊聲讓天芯心頭一緊。

但下一個瞬間，代表們立刻被傳送到祭壇之外。

除了一個人——

「哥哥！」會意同時，天芯放聲吶喊，但整個主殿早已被強大的結界層層封堵。

『天烈、天烈……！不行。心靈溝通沒有回音。』

狩以最快的速度與力量衝撞面前的障壁，但結界沒有絲毫受損，還像海綿吸水一樣把狩的攻擊全數吸納。

鐵拐與擎天柱率先衝上前加入狩的攻擊行列，但他們的強襲完全失效，結界只是不斷的承接，甚至連一絲裂縫都沒有。

「你們退後。用術法試試。」穿盟盟主高喝一聲，儘管法具不在身上，他依然能靠口與手使出攻擊咒語。

可惜術法的攻勢與物理攻擊一樣，完全被結界吸收。

「全被吸進去了……？那吸進去的能量是到了哪兒？」盟主瀏覽腦內所有的法陣知識，突然臉色鐵青的大喊，「別打了！不能攻擊結界！」

「現在還不知道你們攻擊產生的衝擊會被吸到哪裡去，如果被轉進裡面傷到人就糟了。」

聽了盟主的警告，攻擊者立刻停下手邊的動作，各個臉色慘白。

會錯意了……他們全會錯意了！

在記憶控管改制的現在，王城早已不需要施展遍及黃泉的術法，法陣的內容大改，其實是為了成就一個大型的陷阱……

「原來是讓我們親手製造困住哥哥的囚籠嗎……可惡！」

心中著急卻無法出手的天芯緊緊握拳，指甲嵌進她細嫩的掌心肌膚，刻出了數道血痕……

◆◇

那是一瞬間的事。

天烈覺得身體由內而外的炸裂，緊接著，眼前只剩一片刺眼的黃。

現在，他脫力倒在地上，感到自己渾身上下都在流血。

事實上，淹到自己眼前的腥紅液體已經證明他的想法。倒地後不久，似乎還有幾陣強襲，但僅僅是受到衝擊的感覺，完全感受不到被打的疼痛——

因為他已經痛到無法再痛了。

為什麼還沒死呢……？

就算在黃泉，這次好像也快了……他的意識快速流失，很快已經進入半昏半醒的狀態。

『天烈……天烈！』

聽聞那抹熟悉的稚嫩嗓音，天烈突然會意過來。

沒有馬上死去原來是因為這孩子啊……

『羅……羅諾亞……』

『那是很強大的索命術……真是心狠手辣的神。』羅諾亞的聲音滿溢著憤恨，但天烈能聽出，祂現在也虛弱得不得了，『天烈，我們得想辦法逃出去……但剛剛擋了那一下，好像就是我的極限了……』

『羅諾亞。』天烈努力撐住意識，又有一大口血從他揚起的唇角淌出，『你……脫離我的身體後……能自己活嗎？自己逃出去……應該有辦法吧……』

『又講這種話。你上次也是對我講這種話……！天烈果然一直都沒變……』羅諾亞急得都要哭出來，當祂感覺到天烈已然失去意識，心裡便下了決定，『不過，我也不會變。還有最後一招。雖然這次不知道能不能再次見到你——』

「別衝動，絳神。」

那抹被面具遮擋的低沉嗓音喚起羅諾亞的警覺心，祂擠出最後的力氣從天烈額上探出，果真見到王城使者高大的身影。

『哼……你是來收網的嗎……』

「不，我是來救他的。」

王城使者小心翼翼將天烈扶起，讓他倚靠在自己身上。

「殺他並非我主人的目的。主張殺他的是另一個。」使者細細檢查天烈的傷勢，看那纖弱單薄的身板受到如此摧殘，他的心也痛得彷彿要滲出血來。

此刻的強烈情感，大部分是由於「另一個人」與天烈的羈絆，但幾次跟天烈相處下來，他也萌生出屬於自己的好感。

『你的意思是……孿神在內訌？』

「可以這麼說，又不見得能這麼說。」使者沒興致對羅諾亞解釋太多，他專注的衡量天烈的狀況，而後搖頭道，「絳神，祢讓讓，給我點空間。」

『什麼？』

「我要進去。」使者用纖長的手指撬開天烈染血的嘴，「我必須進到他裡面，他需要從內部治療。」

『咳……你、你要放什麼鬼東西進去？』看著使者背後冒出的黑絲與黑色觸手，羅諾亞急得又咳了好幾聲。

「沒事，它們都是我的一部份，不會吃人。」使者緩緩將黑色觸手推入天烈口中，觸手在深入體內之後自然化開，同樣在天烈體內的羅諾亞，一感受到外來物的組成，簡直要嚇壞了。

『你把羅魍塞進來做什麼……？』

「這不是一般的羅魍，我說了，是我的一部份。」使者繼續專心推進觸手，羅諾亞觀察了一陣子，發現這些羅魍的碎屑，還真的在從體內幫天烈修補傷處。

『你到底是……』

「祢認識我。應該說……祢認識其中一半的我。」使者看天烈的狀況漸漸恢復穩定，便把剩餘的觸手抽了回來，「我們該出去了，但我需要祢的幫忙。」

他一把抱起昏厥的天烈，往祭壇出口走去，「想帶他出去，我的品階不夠高，必須借用祢的力量。」

『很遺憾，我的力量所剩不多……如果我能帶他走，就用不著你了。』

「祢只是缺乏一個強壯的實體而已。祢所剩的那點力量若由我使用，應該就能突破重圍。」

使者踢了踢門口堅固的結界障壁，語帶笑意，「再怎麼強也只是人類畫的法陣。」

『你先跟我說你到底是我認識的誰？』

『用心靈溝通的話，祢就能明白吧？』

『……！？是你？』聽聞那抹熟悉的心音，羅諾亞怔忡一霎，但祂很快恢復鎮定，艱難的長嘆一聲。

『要借就借吧。現在也只能信你了。』

◆◇

一見到強勁的赤色光束穿牆而出，知情羅諾亞存在的天芯與狩都感到一陣狂喜。

但當他們見到王城使者抱著天烈走出結界時，心中喜悅馬上轉為怒火。

「感謝協助，這孩子我接收了。」

「彼此彼此。」雖然手上沒有任何武器，但天芯早就決定以體術與咒語類術法與使者一搏，「出了結界，我們就能放手攻擊了！」

天芯朝使者衝出的霎那，鐵拐、擎天柱與狩也同時奔向目標，此刻，雖然三十名代表不見得彼此熟識，但他們都知道，不能讓對方把人帶走。

冒險團公會的十名代表，在主席的指揮下，以變化多端的陣型前往圍剿。

賞金獵人中，能用體術的積極進攻，而咒語見長的則在後方伺機而動。

『穿盟全體聽令，我們的目標不在攻擊，而是抓住破綻從他手上搶人。』盟主交代任務後，自己也繞到敵人後方，啟唇唸咒。

『小雛，掩護我。我要從高處來。』艾倫則在混亂中對雛菊拋出心靈溝通，孿神祭壇就在黑森林附近，儘管還沒進入林地，但附近能夠攀爬的大樹其實已經不少了。

他們暫時脫離戰鬥核心，選了稍微有點距離的樹上埋伏，負責爬高的只有艾倫，雛菊則是守在下方，吟唱保護咒語。

雖然符咒是特長，但善於背誦的雛菊在咒語術法上也表現不錯，只是符學表現太過亮眼，讓大家下意識忽視了其他才能。

「不愧是經過篩選的代表，就算沒有武器，還是挺棘手呢。」嘴上說著棘手，但使者還是愉悅擋下三位前鋒綁手綁腳的所有攻擊——因為他手上抱著重傷的天烈，為了不傷及人質，對手雖然出招狠戾，但都故意失了準頭。

而在使者以一擋三的同時，穿盟的左右手早已隱藏氣息，出現在使者身後。

盟主看準時機，朝使者的手臂射出咒術攻擊，左右手則同步包夾，不管天烈往哪裡掉，都會有人接住他……

「得手了——」當穿盟三人念頭一閃，亞矢跟恩浩卻同時被使者身後竄出的觸手向後橫掃。

兩人先後飛了出去，盟主趕緊施術接住，表情藏不住震驚，「這是罹魍的……！？」

「再拖下去也不好，你們還是睡一下吧。」使者將天烈的臉埋入自己懷中，下一個瞬間，從背部釋出高密度的黑色濃霧。

猝不及防的多數人都因吸入黑氣而昏厥過去，而離使者最近的三名前鋒，也倒了一個——擎天柱在意識到不妙的當下立即把鐵拐推開，儘管鐵拐及時屏住呼吸，但她自己已經來不及了。

「人類在這個世界，明明可以長時間不呼吸的，但大家還是有呼吸的習慣。」使者滿意的看著瞬間減少的人數道，「這種時候放點毒氣，效果還真不錯。」

目前還醒著的只剩及時逃過一劫的鐵拐與無頭的狩，同樣憋住氣的天芯此時已經來到中遠距離，準備以術法應戰，而原先打算從遠處奇襲的雛菊與艾倫，也因距離關係勉強逃過一劫。

『你果然不是人類……』

「現在才發現嗎？」使者語帶嘲諷，「看來沒腦袋果然差很多呢，無頭戰神。」

「現在只要解決一個人，我就勝券在握了。」使者一個閃身繞過狩，直接以觸手朝鐵拐突刺，「鐵先生，記得你曾經想過，若是站在我面前，是否能打贏的問題。那時，你的結論是，自己無法勝出。」

「……！？」

「雖然對手無寸鐵的你不公平，但我現在只好讓你親自體驗了。」

使者的話讓鐵拐一頭霧水，但他依然保持高度專注，翻身閃過使者數次快攻，『我可不記得自己有個這麼糟心的假想敵。』

兩人交鋒了數回，觸手疾如閃電的每一擊都直逼要害，但鐵拐總有辦法用奇巧的角度硬是格擋下來。強者間的纏鬥逼出雙方一層薄汗，鐵拐心知一味防守無法進展，於是抓住空隙，以他堅硬的機械義肢朝使者一記掃腿。

使者向上一躍，勉強閃過。現在他手上抱著天烈，動作難免遲鈍。鐵拐預料敵人還會露出下一次破綻，而對方也心知肚明。

於是，使者決定暫改策略。

他把天烈移轉至身後的觸手，並以肉眼無法辨識的疾速朝鐵拐落下重拳。面對悍猛的連擊，鐵拐雖能勉強擋下幾拳，但對方換位的速度比他更快，讓他無從還手。

最終，鐵拐還是在強攻下倒地，但使者專心對付鐵拐的空檔，卻給了其他四人奪人的機會。

艾倫以心靈溝通一聲令下，天芯立刻使出綿延的術法攻勢，手邊沒有符紙的雛菊則在地上畫了幾個攻擊法陣猛攻。於此同時，擅於赤手空拳近戰的狩衝向使者，緊緊扣住對方的雙手。

四人聯合出招，攻擊並非重點——使者好不容易將天烈脫手，怎麼可能讓他再抱回去？

使者還在跟狩纏鬥，天芯與雛菊的咒術也達到相當程度的遮掩效果……艾倫算好時機，趁著使者被牽制的空檔，由上往下朝天烈俯衝。

與女妖戰鬥的經驗讓他對閃避觸手有所心得，雖然不知道使者到底是何方神聖，但他發覺，這位王城使者可能與他們遇過的羅魍宿主十分相似。

無論如何，必須讓天烈遠離使者，這樣狩就能毫無顧忌，他們才可能有勝算——

「戰術不錯，艾倫‧夏普。若非我早對你的策略有所提防，這次也許真能得手。」使者連頭也沒抬，便朝艾倫撲來的方向揮出數條觸手。

雖然沒讓它們刺重要害，但艾倫還是難逃糾纏，被甩飛出去。摔落在地的艾倫原想起身，但右腿立即一陣劇痛，他定睛一看，發現腿正朝不自然的方向歪曲。

居然斷了……艾倫欲哭無淚，只好忍著劇痛，警戒的朝王城使者看去，此時他已掙開狩的牽制，將天烈單手攬回懷中。

「我知道你們把希望放在無頭戰神上，但很不幸的，就算他用盡全力，也無法打贏我。」他將空著的手擺上面具，心中百感交集，「因為，我了解他的全部，他卻連我的一半也無法憶起。」

使者語畢，便緩緩摘下面具，俊美絕倫的面孔展現在眾人面前。

有稜有角的臉上銘刻深邃的五官，珀色的眼瞳散發出陣陣英氣。他削薄的唇瓣噙著瀟灑的微笑，襯著梳成髮辮的銀白色及腰長髮，讓他看起來像件絕美的藝術品。

無論眼前是敵是友，在毫無預期的情況下見到極美的人，還是會有瞬間呆愣的反應。艾倫、雛菊與天芯也難逃直覺反應，狩則有股異常熟悉的衝擊感。

雖然以戰鬥場合來說，四人的反應已足以讓自己陷入危機，但使者的俊臉卻露出疑惑的神色，似乎覺得彼方的反應比預期中小很多。

但這並非出於對外貌的自信，他忖度片刻，終於恍然大悟道，「我一時忘了，你們沒看過這張臉。」

聽聞人聲的剎那，四人從呆滯中驚醒，在腦袋還沒接上線的時候，便見王城使者單手撕毀自己的上衣，露出精實的上半身與特色鮮明的獸面紋。

「答案已經足夠明顯。」

當那抹與狩一模一樣的嗓音傳出，使者的觸手再次襲向艾倫，雛菊驚叫一聲，連忙衝出。

「小雛別來！他那是……」

艾倫來不及說完，雛菊就在他面前頹然倒下。

「雛菊・克拉克。雖然聰明，卻總因重感情而露出破綻。」使者朝艾倫綻開迷人的笑，輕聲道，「至於動彈不得的隊長先生，也請你先睡一會兒吧。」

「你……」

艾倫一開口，便被襲來黑氣覆蓋，當黑氣散去，只留下他不支倒地的身影。

「這下你懂了嗎，狩。你與你身邊的一切人、事、物，我都瞭若指掌。我，即是你，但現在的你，無法參透我……」

狩的思緒一片空白，但身體依然自己動了起來，他欺身而上，急如星火的體術連擊毫不間斷，然而，使者以同等的高速輕易迴避每一次攻勢——他甚至還穩穩抱著天烈，完全不受威脅。

狩第一次在戰鬥中遇上此等瓶頸，絕望之下，他摸往自己的假腦袋。

對了，他還有一項武器，他跟王城使者渾身上下唯一不同的東西——

狩突然向後閃退了數尺，落地後按下後腦的機關，小巧銳利的飛刀霎時從假頭的五官迴旋射

出，直逼使者要害。

然而，對方依然從容不迫的一一格開。

「你到現在才想到要使用？以往的戰鬥方式過於無往不利，讓你下意識把好用的新武器給遺忘了。」

使者教訓得語重心長，而緊接言教的，是粗暴的身教。

「狩……！」

天芯回過神後，立即送了幾個咒術助陣，但最終，她還是沒辦法阻止狩在使者的強襲中倒下。

……一定還有辦法！無論如何，她都會戰到最後一刻——

「別戰了，天芯。」使者改用雙手抱穩天烈，沒有繼續戰鬥的打算。

他凝視天芯的雙眸流瀉哀傷，剛剛對狩的尖銳煙消雲散，話音也轉為溫和，「在黃泉展開的所有羈絆中，我最不想傷害的就是你們兩兄妹。可惜事與願違……」

沒等使者說完，天芯便朝他連續揮拳，她攻勢凌厲，使者卻始終沒打算反擊，而是見招拆招，繼續柔聲相勸，「停手吧。沒有武器，妳鬥不過我。」

「儘管如此，我還是……」

天芯換位後再度朝使者攻去，只見對方輕輕搖頭，向後一躍，便以旋風般的疾速帶天烈離場。

這正是狩常用的逃跑招數，只是天芯萬萬沒想到，自己有一天會被拋在後頭。

那兩人從視野消失的同時，她也覺得自己正在消失。

一直以來的努力的意義、始終如一的生存信念……

還是無法守護他。拼命奮鬥到了今天，她以為一切會變得不一樣，但最終還是跟那時一樣，無助地站在原地，眼睜睜看著哥哥陷入危機。

黃泉最大的孿神祭壇，原先肅穆的白色建物染上鮮血。祭壇中遍布倒臥的傷者，與唯一一名沒有倒下，卻跪坐在地的失神少女。

「啊啊啊啊啊啊啊啊啊啊啊————」

憤怒、悔恨、自責、挫敗……千頭萬緒化作天芯絕望的哭喊，響徹整個祭壇。

孿神志得意滿的俯瞰領地，一面從遠處欣賞得手的祭品，一面將那痛絕的泣訴，作為悅耳的祭文。

◆黃泉第二部　孿神祭典　完◆

◆附錄漫畫◆

知岸 繪

黃泉
ABYSS
遊戲版短漫來囉！
Part1 阿狩的OuO
遊戲版的狩與小說版很不同的設定之一，就是對話時除了肢體動作，也會用顏文字表達心情。
OuO
（愉悅的晃腿。）
－新一代設計展場上－
作者作者~請問狩是怎麼表達出OuO的顏文字啊？難不成
他是用胸肌擠出來的？
!?
胸肌…嗎？位置確實差不多耶。
不然我們一起旅行吧？
OuO
胸肌抽動
入隊。
你……真的是人類嗎？
OuO
剛打碎石頭。
咦？謝謝…
OuO
抽動
下斷。
這樣一直抽動是想表達什麼…
細思恐極啊
表達作者齷齪的內心。

黃泉
ABYSS
遊戲版短漫來囉！
Part2 結局太虐
只好來個下戲後pa
註：下戲後paro是指把原著故事當
演戲，角色全部變成演員。
結局：死亡之約
就像我殺了阿公一樣，親手殺了我吧！
我們約好了喔。
這頭其實是特效
CUT！BE殺青！
辛苦大家。
嗚嗚嗚清馳哥怎麼就這樣死了？
乖，來這邊分便當。
下個結局一起活下來！
摸頭安慰中
結局：未完之旅
阿嬤還在外頭，去找她吧！
CUT！最後一個結局也殺青了。
怎麼又死了啊？編劇出來面對！
這樣黑狗會從票房救星變票房毒藥啊！虧他一張好顏！
我就笑笑不說話(嗯)
超豪華三層大便當。
紀念他兩版共死了三次。
註：領便當意即角色死亡。

在黃泉展開的羈絆中，我最不想傷害你們兩兄妹，
別打了，天芯。沒有武器，妳是打不過我的。
可惜事與願違。
消失…

已經下定決心了。
無論是你、阿狩還是你們的陛下，
我都要一起拯救！
是時候了。終於……
終於可以還給你了呢，狩……
-下集待

國家圖書館出版品預行編目(CIP)資料

黃泉(二):孿神祭典 / 知岸著. -- 初版. --
臺北市 : 奇異果文創, 2017.08-
冊 ; 公分. -- (輕物語 ; 9-)
ISBN 978-986-93963-9-4(平裝)

857.7

輕物語 009

黃泉(二):孿神祭典

作者:知岸
封面&內頁插畫:藺邯
內頁漫畫:知岸
美術設計:舞籤
編輯助理:周愛華

總編輯:廖之韻
創意總監:劉定綱

法律顧問:林傳哲律師/昱昌律師事務所

出版:奇異果文創事業有限公司
地址:台北市大安區羅斯福路三段193號7樓
電話:(02)23684068
傳真:(02)23685303
網址:https://www.facebook.com/kiwifruitstudio
電子信箱:yun2305@ms61.hinet.net

總經銷:紅螞蟻圖書有限公司
地址:台北市內湖區舊宗路二段121巷19號
電話:(02)27953656
傳真:(02)27954100
網址:http://www.e-redant.com

印刷:永光彩色印刷股份有限公司
地址:新北市中和區建三路9號
電話:(02)22237072

初版:2017年8月10日
ISBN:978-986-93963-9-4
定價:新台幣250元

黃泉

黃泉